LE DIVORCE

INUTILE.

ROZAINVILLE ;

O U

LE DIVORGE

I N U T I L E.

Par l'Auteur de la Religieuse
d'Alençon.

TOME SECOND.

A PARIS,

Chez Maison l'aîné, Libraire,
rue Saint-Jacques, N°. 661.

An XIII. — 1805.

LE DIVORCE

INUTILE.

TOME SECOND.

Lᴀ comtesse avait son appartement absolument séparé de celui de son époux; elle avait sa société particulière et l'on pouvait être admis chez elle sans connaître le comte de T*** qui ne devait goûter aucun agrément dans un cercle de jeunes gens conduits par la frivolité et aussi légers dans leurs discours que dans leurs ac-

tions; je ne le connaissais donc
que pour l'avoir vu à la cour et
dans quelques dîners où je m'étais
trouvé avec lui. Mon intimité
avec la comtesse étoit connue,
ainsi qu'il arrive toujours : les
soins qu'on apporte à cacher ces
sortes de liaisons, donnent l'assurance qu'elles sont absolument
ignorées, tandis que ce secret
qu'il vous importe tant de conserver, fait souvent le sujet de
l'entretien. La comtesse m'avait
donné les moyens de parvenir la
nuit chez elle sans que personne
en eût connaissance, pas même
le suisse, ni ses femmes; je
m'introduisais furtivement dans
l'hôtel ; je montais chez la comtesse par un escalier dérobé qui
conduisait dans un cabinet dont

elle seule avait la clef. Une fois réunis, nous étions dans la plus parfaite sécurité.

Dans un de ces instans où le calme de la nuit parait assurer le repos et favoriser l'amour, quelle est la surprise de la comtesse d'entendre quelqu'un marcher dans l'appartement voisin et de reconnaître la voix de son époux, qui la prie de lui ouvrir à l'instant même, ayant un secret de la plus grande importance à lui communiquer et qui ne lui permet pas de différer la confidence ! — Nous sommes découverts, dis-je à la comtesse. — C'est impossible, me répondit-elle, ne nous effrayons pas, le bruit d'une porte pourrait nous trahir; soyez assez complaisant pour vous cacher un

moment sous mon lit, et je vous
réponds de tout. — Je reprends à
la hâte mes vêtemens et je me
place dans la retraite qui m'est
indiquée, tandis que ma belle
maîtresse, avec un sang-froid im-
payable, ouvre au comte; il
refermela porte avec soin, et tient
à sa femme ce discours.

« Vous voyez, madame, le
» plus malheureux des hommes ;
» je suis forcé, pour sauver mon
» honneur et votre réputation, de
» vous causer une humiliation
» que je partage : croyez que j'en
» souffre plus que vous ; l'atten-
» tive sollicitude que j'employais
» pour vous préserver des incon-
» séquences si funestes à votre
» sexe n'a pu vous en garantir ;
» non contente de répondre à ma

» vive tendresse par la plus froide
» indifférence, vous vous êtes ou-
» bliée jusqu'à me faire le dernier
» outrage. Jamais le soupçon n'eût
» atteint mon cœur qui vous était
» dévoué ; mais deux de mes gens
» qui sont anciennement à mon
» service et qui me sont attachés,
» ont cru me donner une preuve
» de leur zèle, en m'avertissant
» que vous recevez la nuit chez
» vous un jeune homme. La sévère
» menace que je leur ai faite de
» les chasser , a sans doute excité
» leur ressentiment ; ils vous ont
» observée avec assez de soin pour
» être sûrs que vous n'êtes pas
» seule ici. Ils m'ont offert d'ac-
» quérir la cruelle preuve de la
» vérité de leur assertion ; j'y ai
» consenti, ne voyant pas d'autre

» moyen de sauver votre répu-
» tation. Ils font eux-mêmes le
» guet à toutes les issues de votre
» appartement; il faut les con-
» vaincre qu'ils sont dans l'erreur.
» — Qui que vous soyez, parais-
» sez, dit-il d'une voix plus forte;
» j'aime à croire qu'il vous reste
» assez d'honneur pour vouloir
» éviter un éclat; je me suis pro-
» curé les moyens d'assurer votre
» retraite : voici une échelle de
» soie pour descendre par la croi-
» sée; l'obscurité de la nuit nous
» favorise, nous n'avons pas un
» moment à perdre. Ne craignez
» rien, monsieur, je suis sans
» arme, ne m'obligez pas à une
» recherche qui augmenterait
» mon mépris: je vais faire entrer
» mes gens, j'exigerai qu'ils fassent

» eux-mêmes la plus exacte revue,
» je les congédierai ensuite ». J'attendis un instant pour voir quel parti la comtesse prendrait ; elle voulut nier : le moyen me paraissant impossible à employer, je me retirai de dessous du lit, avec une confusion extrême. Je suis prêt à faire tout ce que vous voudrez, monsieur, pour vous tirer de l'embarras dont vous venez de faire part à madame, et ma parole d'honneur que j'engage, vous assure du secret.

J'y compte, monsieur, me dit Monsieur de T*** avec fierté; il me serre la main et me dit tout bas : — Nous nous reverrons. — Il ouvre doucement la fenêtre, prépare lui-même l'échelle et m'aide à descendre. Quelques

jours après, je reçus un billet du
comte qni me donnait un rendez-
vous ; j'avais appris qu'il avait
fait partir la comtesse pour une
de ses terrres ; j'avoue qu'il m'en
coûta d'être obligé, pour rendre
raison de l'offense que j'avais fait
au comte, d'attaquer les jours
d'un ancien militaire blanchi sous
les armes et déjà couvert de blessures. J'étais honteux d'avoir un
tel ennemi à combattre. Combien
hélas ! le sort est injuste ! la vic-
toire qui se décida en ma faveur,
prouve que la mcilleure cause est
trop souvent celle qui a le moins
de succès. Mon funeste triomphe
m'arrache des larmes de remords;
je me jette aux genoux du comte,
je l'aide à se relever, j'étanche
son sang avec mes mouchoirs ;

je lui exprime ma douleur, mes
regrets; je lui fais des excuses
dictées par un repentir si vrai
qu'il y parut sensible. — Vous
êtes bien jeune, monsieur, me
dit-il ; l'erreur, je le vois, a
égaré votre esprit sans atteindre
votre cœur ; vous n'avez pas réfléchi que la légèreté ne doit
point conduire à des actions qui
nous font rougir; une femme devrait être respectée: si ce n'est
plus pour elle, quand sa conduite
l'a dégradée, c'est au moins pour
l'époux qu'elle outrage : vous êtes
marié, monsieur; vous deviez
mieux qu'un autre sentir combien
ce titre exige de ménagemens, et
combien il est odieux de troubler
l'ordre social en causant la désunion de deux personnes qui sont

destinées à passer leurs jours en=
semble. Gardez le secret sur cette
aventure, le plaisir d'une indis-
crétion serait-il pour vous préférable au mérite de voiler par une
indulgente réserve, la faiblesse
d'une femme à qui vous devez de
la reconnoissance ? Non, je ne
le crois pas; j'augure mieux de
votre jugement et de votre délicatesse ; personne n'aura connaissance de notre rencontre, j'ai
pris des précautions pour faire
croire que je quittais Paris aujourd'hui, j'y resterai caché jusqu'à ce que ma blessure me per-
mette de me rendre dans une de
mes terres.

— J'assurai le comte de ma
discrétion ; je lui donnai le bras
pour le reconduire près de la

voiture qu'il avait laissée à la porte
du bois de Boulogne; il n'était
blessé que légèrement, et je le
quittai en me reprochant bien
sincèrement les torts que j'avais
eu envers lui: je les réparai autant
qu'il était en mon pouvoir, en
gardant un secret inviolable sur
cette anecdote. Je n'en parlai pas
même à Monclar; il s'informe
vainement de la cause de ma tristesse. La conduite du comte de
T***, si différente de la mienne,
avait excité des réflexions affli-
geantes qui devinrent inutiles par
les soins de Monclar. Ses perfides
entretiens eurent bientôt détruits
l'effet des sages conseils du comte,
et tout occupé de mon ressentiment, je ne songeai plus qu'à
m'éclairer sur le succès de l'é-

preuve dangereuse tentée contre Séraphine.

Armand devint plus assidu auprès d'elle ; mon abandon la mettait dans la nécessité de se faire accompagner par un étranger. Armand fut choisi ; mais Séraphine ne paraissait jamais seule avec lui ; elle avait toujours quelques dames de sa société qui étaient de toutes ses parties, nous nous voyions rarement ailleurs qu'au dîner, et soit par l'effet du hazard ou par l'attentive prévoyance de Séraphine, nous n'étions jamais seuls. Monclar s'y trouvait souvent, elle le traitait avec beaucoup de politesse, mais avec froideur ; le ton qu'elle avait avec Armand était bien plus affectueux ; elle adoptait ses idées,

je

je me plaisais à les contredire, et malgré les soins de Monclar, je ne pouvais dissimuler ma haine pour Armand, et mon humeur contre Séraphine ; elle paraissait jouir de mes tourmens; nous étions très-mal ensemble, j'évitais sa présence autant qu'il m'était possible.

On était au commencement du printems, cette saison si agréable rappellait déjà les amateurs de la campagne dans leurs terres; je fus invité à passer quelques jours à la petite maison du jeune marquis de ***; il vivait avec une célèbre actrice du théâtre des Italiens, sa maison était le rendez-vous des élèves de Thalie et de Therpsicore. Là, on oubliait la cérémonieuse réserve pour se li-

vrer à la folle gaieté ; le ton de
liberté qui regnait plaisait également aux jeunes gens et aux
femmes qui composaient cette société. On ne s'occupait que de
plaisirs, il était impossible d'y
conserver la raison et de n'y pas
céder à la folie. On abjurait l'indifférence et l'on ne pouvait, sans
s'exposer au persifflage, y paraître désœuvré : chacun en présentant sa maîtresse, était sûr
d'être bien accueilli. Monclar, qui
était fort épris des charmes un
peu surannés de C***, cette
charmante actrice aussi aimable,
aussi vive, aussi folâtre en société
qu'au théâtre, dont elle faisait les
délices, l'attirait souvent à N...
Il m'avait présenté chez le marquis.
Ma réputation m'ayant déjà pré-

cédé avait préparé mon triomphe,
toutes ses dames s'occupèrent de
moi avec un intérêt qui me parut
flatteur.

La jeune Clara, l'une des premières danseuses de l'Opéra, fut
celle qui parut recevoir mon
hommage avec le plus d'empressement. C'était une de ces beautés
en migniature, dont la finesse
des traits et le physique délicat
lui donnaient des grâces si séduisantes, que l'on était tenté de
la prendre pour une de ces
nymphes qu'elle représentait souvent. Clara, extrêmement petite,
était faite à peindre; un grand
œil bleu peignait la tendresse et
promettait la volupté, une
énorme quantité de longs cheveux
blonds relevés négligemment;

B 2

donnaient à sa parure cet aimable
abandon, ce séduisant désordre
qui porte l'ivresse dans les sens.
Une douce langueur répandue sur
tous ses traits, lui attirait des
succès certains. Conduite comme
moi par le désœuvrement dans
cette société, elle y paraissait
libre, je cherchai bientôt à l'occuper et j'y parvins aisément. Le
hazard m'avait placé auprès d'elle
pendant le dîner ; il n'était pas
encore achevé que nous étions
déjà à-peu-près convenus de nos
faits, elle me témoigna seulement
un extrême desir d'avoir une
conversation particulière, intéressante, disait-elle, à son bonheur. Rien n'était plus facile ;
après le dîner, on se répandait
par groupes dans les jardins,

dans les bosquets. Ceux qui mettaient plus de prix à la solitude, traversaient dans une frêle nacelle un ruisseau déguisé en fleuve, et se rendaient dans un grand carré de terre surnommé l'Isle d'Amour, et bien digne de porter ce nom par la manière dont ce petit labyrinte était soigné. Les fleurs et les arbustes de tous les pays, s'y trouvaient réunis pour parfumer l'air et procurer l'ombrage; cet asyle n'aurait dû servir de retraite qu'à des amans épris d'un véritable amour. Il fut profané par notre présence, car ce fut le lieu que je choisis pour écouter l'importante confidence que Clara voulait me faire, et qu'elle commença avec un embarras qui prouvait au moins qu'elle savait encore rougir de l'avilissement où elle s'était réduite.

— Je vous connais depuis long-tems, monsieur le chevalier, me dit-elle; je desirais vivement de me trouver avec vous; ce n'est que dans l'intention de vous rencontrer que je suis venue ici : j'ai eu le bonheur de vous intéresser; je serais au comble de mes vœux, si ma position ne me rappellait bien douloureusement que je ne puis jouir du plaisir de vous appartenir entièrement. Je suis liée avec le duc de ***, mon cœur, demeuré absolument libre dans cette liaison, sera tout à vous ; mais obligée de ménager le duc, qui fait pour moi des sacrifices dont je ne puis me passer, je crains

que vous ne consentiez pas à vous
soumettre aux petites complai-
sances nécessaires pour cacher nos
entrevues. Je me reprocherais
aussi de vous tromper. J'ai donc
regardé cet aveu comme indispen-
sable avant de consentir à recevoir
vos soins; j'aurais pu différer long-
tems à vous laisser appercevoir
l'impression que vous avez faite
sur mon cœur; mais je ne sais
point feindre ni tromper. Je vous
aime, je vous le dis; quand je
vous aurais condamné aux rigueurs d'une attente pénible, vous
n'en auriez pas été plus persuadé
de la vérité de mes sentimens;
décidez vous-même de mon sort.

— Il est bien facile, repris-je
avec feu, de lever cette légère
difficulté: Clara, si vous m'aimez

assez pour me sacrifier le duc,
je puis vous consoler de cette perte
et vous offrir les mêmes avantages;
alors si j'ai le bonheur de vous
fixer, puis-je compter sur votre
constance et une entière liberté ?
— Sans doute, me dit-elle, en
témoignant une satisfaction inex-
primable; mais je crains de vous
engager dans des dépenses qui
vous gêneront peut-être: au reste,
comptez sur ma discrette réserve;
le plaisir me tiendra lieu de richesse. — Non, non, Clara, vous
ne serez privée d'aucune des jouissances qui peuvent assurer le
bonheur; trop heureux de pouvoir y contribuer, c'est moi qui
vous devrai de la reconnaissance.
— Je desirais en effet depuis
long-tems essayer de ce genre de

plaisir; ennuyé de ces conquêtes
faciles parmi des femmes à grands
airs dont la dissimulation fait la
seule différence de la conduite de
celles qui dédaignant de prendre
cette peine, se livrent avec franchise, j'imaginais être plus heureux auprès de Clara, qui, soumise à mes caprices, intéressée à
les ménager, mettrait plus de soin
à me conserver, en rendant notre
intimité attachante. Au reste, sans
vouloir m'excuser, j'avouerai
que l'erreur qui s'emparait de plus
en plus de mon esprit, m'empêchait de réfléchir; l'exemple de
tous mes amis, qui me vantaient
les charmes de ces sortes d'asso-
ciations et le plaisir de la nou-
veauté, me décidèrent.

Clara me paraissait charmante;

je ne songeai plus qu'à me l'attacher par la reconnaissance ; dès
le lendemain , je lui fis des cadeaux
d'une grande valeur ; je n'avais
pas encore touché à la somme que
le comte de Maliban m'avait donnée, lors de mon mariage : je la
destinai à prodiguer à ma belle
maîtresse tout ce qui lui serait
agréable. Je connaissais le traitement que lui faisait le duc et je
voulais que ma générosité l'empêcha de regretter mon prédé-
cesseur.

J'étais presque toujours chez
Clara ; ne pouvant point me
trouver en public avec elle, je
m'en dédommageais en la con-
damnant à une retraite perpé-
tuelle ; elle donnait des soupers
brillans où tous nos amis étaient

réunis. On savait que je vivais
avec elle : le dépit que me causait
l'indifférence de Séraphine, m'en-
pêchait de mettre autant de soin
que j'aurais pu le faire à cacher
cette liaison. Monclar me grondait
quelquefois de mes prodigalités;
mais comme sur le chapitre d'intérêt, je ne lui confiais pas mes secrets,
il n'y portait qu'une attention légère. Obligé d'ailleurs d'avoir souvent recours à moi, il sentait que
ses leçons n'auraient pu produire
un grand effet.

Malgré les plaisirs auxquels je
me livrais, le délire des sens n'é-
tait pas assez puissant pour m'em-
pêcher d'être souvent triste et rê-
veur ; je n'osais interroger Monclar sur les succès d'Armand. Je
comparais la félicité suprême dont

j'avais joui dans les premiers mois
de mon mariage, avec mon état
actuel ; il s'en fallait de beaucoup
que je fusse aussi heureux : je
pressentais un malheur certain,
le présent et l'avenir me paraissaient également effrayans. J'aurais
donné l'impossible pour recouvrer
ma tranquillité. Séraphine était
toujours l'objet de mes secrettes
affections : j'imaginais lui être
encore aussi cher, et malgré mes
torts, devenus bien graves envers
elle, je ne perdais point l'espoir
de la ramener à un raccomode-
ment qui me paraissait facile, si,
comme je n'en doutais point, elle
demeurait insensible aux soins
d'Armand.

Un jour que j'étais au foyer
de l'Opéra, plusieurs jeunes gens
réunis

réunis s'entretenaient de beaucoup de femmes de la société de
Madame de Rozainville; j'écou-
tais leurs discours, mais je devins
plus attentif lorsque je l'entendis
nommer elle-même Ils ne me
connaissaient point sans doute,
car ils racontèrent de quelle manière nous nous étions fait remarquer à notre arrivée à Paris,
par notre bizarre tendresse, et
comment enfin nous avions adopté
l'usage reçu.

« Madame de Rozainville,
disait-on, obligée de se consoler
de l'infidélité de son époux, parait avoir fait un choix : Armand
ne la quitte pas, elle lui accorde
un intérêt qui fait présumer que
sans doute il est le mortel heureux
chargé du soin de sa vengeance. »

Tome II. C

Un autre sujet, les occupant tout-à-coup, fit cesser l'entretien. Je quitte le foyer égaré par la douleur et la honte; je cherche Monclar; ne pouvant le trouver, je me rends chez moi; j'entre sans me faire annoncer. Séraphine était à son forté, occupée à chanter un morceau avec Armand; quelques personnes assemblées leur donnaient des applaudissemens. Ma présence ne dérangea point, ils continuèrent; j'avais peine à contenir ma vive émotion, je la sentis accroître en reconnaissant ce même *duo* que j'avais exécuté la première fois avec Séraphine, et qui avait servi d'interprète à mes sentimens. *La perfide le chantait avec la même expression*; j'étais furieux, je

fais tant de bruit, j'adresse si
hautement la parole, que je divise
l'attention. Séraphine quitte le
piano ; elle parait étonnée de
ma présence; j'avais l'air tellement
agité et si maussade, que l'aspect
d'un mari inspirant l'effroi, ou
l'heure de se retirer étant arrivée,
tout le monde se sépara. Armand
lui-même, se disposait à nous
quitter, lorsque Séraphine l'engage à différer son départ. Piqué
de cette audace, je lui dis assez
haut pour être entendu, que je
veux l'entretenir. Armand nous
laisse seuls. Je fais alors l'éclat le
plus ridicule ; j'accable Séraphine
de reproches, je lui raconte ce
que j'ai entendu, je l'accuse de
perfidie, je la traite sans nuls ménagemens, je m'abandonne aux

effets d'une violente colère, et, cédant ensuite au désespoir, je lui découvre, et mon extrême amour, et ma jalouse fureur. Elle rit de mes tourmens, elle jouit de mes souffrances avec une barbare cruauté, et m'ordonne de cesser des reproches qui l'importunent. « Il serait assez extraordinaire, me dit-elle, que vous eussiez la prétention de me punir des soupçons que votre abandon fait naître; on connaît vos torts, ils favorisent la médisance, et provoquent la calomnie : on la dirige avec la même légèreté dans cette occasion, qu'on l'employe ordinairement pour ternir la réputation la plus délicate. Si les apparences sont contre moi, je vous ai prouvé que je savais les

rendre trompeuses, et vous n'a-
vez pas le droit de me soupçonner.
Au reste, que vous importe,
monsieur, les succès ou l'inutilité des soins d'Armand. C'est
un ami vrai que le ciel m'envoya
pour me consoler de mes peines.
Voudriez-vous me refuser ce
faible dédommagement au bonheur que vous m'avez ravi. Ou-
bliez avec Clara le petit désagrément que vous avez éprouvé ce
soir, et songez à l'avenir à être
plus circonspect: une scène sem-
blable amènerait une séparation
que je ne diffère que par égard
pour vous.

— Séraphine, cruelle Séraphine! m'écriai-je avec l'expression
de la plus touchante douleur, vous
voulez donc briser des nœuds qui

furent formés par l'amour. — Ils
sont rompus, reprit-elle. - Quoi!
l'époux qui fut adoré sera sacrifié
sans pitié ! — Oui, je veux être
aussi barbare que lui. — Ah! vous
l'êtes mille fois davantage : il fut
égaré par l'erreur, mais vous,
tranquille dans la vengeance,
vous savez ..... — Oui, je sais
haïr ; vous m'avez fait goûter la
plus délicieuse jouissance, en me
laissant appercevoir votre trouble
et votre douleur. — N'achèves
pas, épouse adorée ; reviens à
des sentimens plus dignes de toi,
renonce à Armand, j'abandonne
tout ; quittons ce séjour funeste
et abominable qui nous rappelle-
rait nos torts mutuels ; allons,
dans la retraite, oublier nos maux
et retrouver la félicité. — Elle

n'existe pas pour les époux par-
jures ; Rozainville, rien ne peut
vous rendre le cœur que vous
avez dédaigné. — Séraphine, tu
ne sais pas ce que le désespoir
peut m'inspirer ; si j'osais t'a-
vouer . . . . . —Oh ! je vous crois
capable de tout maintenant ; je
m'attends à être votre victime,
et je vous dispense de m'instruire.
— Eh bien ! si vous m'y forcez,
madame, craignez tout d'un amant
au désespoir ; si vous ne renoncez
à recevoir Armand . . . . . — Que
ferez-vous ? je méprise vos me-
naces et vos recommandations.
Renoncer à Armand ! non, ne
l'espérez point ; si sa présence
vous déplait, elle devient plus
nécessaire à mon bonheur.—Quoi!
vous osez me déclarer votre cou-

pable amour ; mais je le vois, vous cherchez à exciter mon ressentiment ; vos projets ne réussiront point ; non, je ne perdrai pas le souvenir de ce que je vous dois ; je saurai oublier vos torts, pour me rappeller vos bienfaits : cette préférence que vous daignâtes m'accorder, la manière dont vous vous conduisîtes alors, doivent m'être toujours présentes. Pardonnez au délire qui m'égare ; si ma bouche a proféré des reproches, le soupçon n'est point dans mon cœur ; j'éprouve encore cette douce confiance que l'on doit avoir pour une femme vertueuse qui fut et qui sera toujours l'ornement de son sexe. J'attendrai qu'un retour heureux vous fasse changer de dispositions à

mon égard , et vous avertisse que
tant de rigueur convient mal à
tant d'amour. Daignez oublier un
moment d'humeur excusable peut-
être par son motif . . . . . » Séraphine parut sensible à cette petite
réparation. « Je vois avec plaisir,
me dit-elle, que vous sentez l'in-
convenance de votre conduite,
je mérite l'opinion que vous conservez de moi , et je vous en sais
gré. » Elle me quitta ensuite , je
ne fis point d'efforts pour la retenir; j'étais trop péniblement affecté pour desirer un plus long
entretien. J'avais cru remarquer
au travers de son dépit un certain
attendrissement qui pouvait m'être
favorable; mais je ne savais si je
devais l'attribuer à un reste d'a-
mour, ou à l'embarras que son

penchant pour Armand avait pu
causer ; elle ne s'était pas défen-
-due d'une certaine prédilection ;
elle le nommait son ami, et cette
idée, insupportable pour moi, me
rendait le plus malheureux des
hommes.

J'oubliai Clara dans cette soirée;
je la donnai toute à la douleur qui
m'accablait.

Monclar, inquiet de ce que j'a-
vais de si pressant à lui dire,
ayant appris que je l'avais cherché
en différens endroits, vint me
voir le lendemain. Lorsqu'il fut
instruit de l'altercation que j'avais
eu avec Séraphine, il me la reprocha vivement : il me paraissait craindre qu'elle ne devînt
dangereuse pour moi. « Faut-il
se livrer à des emportemens qui

montrent votre faiblesse , me
dit-il , et qui n'ont d'autre avantage que d'irriter Séraphine sans
vous la rendre plus favorable. Je
vous blâme Rozainville , ce n'est
point ainsi que vous devez vous
conduire. Vous me trouverez sévère , toutes les fois que les motifs qui vous feront agir n'auront
pas un but intéressant. Je vous ai
conseillé de vous dégager de cette
gêne importune , qui fait de l'hymen un joug insupportable ; mais
je suis loin d'approuver ces rup-
tures éclatantes qui nuisent à
l'ordre social. Ne pouvez-vous
donc point maîtriser vos passions,
et agir avec ce sang-froid qui fait
tout calculer? Il ne vous manquait
que le ridicule d'affecter une folle
jalousie ; et ç'est dans l'instant où

votre intimité avec Clara fait du
bruit, que vous allez chercher à
tyranniser votre femme. Que vous
importe qu'elle distingue plus ou
moins tel ou tel autre : est-ce-là
ce que vous vous étiez proposé,
en desirant essayer cette épreuve,
qui, disiez-vous, devait vous
rendre au bonheur ou à la tranquillité?— Ah! Monclar, je vous
trompais, je m'abusais moi-même;
je ne puis supporter cette idée,
elle est avilissante, elle fait bouil-
lonner tout mon sang; si je n'aimais pas Séraphine, je pourrais
lui pardonner un outrage qui res-
terait ignoré; mais je l'adore toujours, elle est nécessaire à mon
existence: elle seule peut me faire
goûter ce bonheur suprême qui
m'avait rendu le plus fortuné des
hommes,

hommes, et dont le souvenir fait
encore mes plus délicieux plaisirs.
— Alors, pourquoi l'avez-vous
sacrifié, ce bonheur ? Quand on
aime comme vous voulez me le
faire croire, ne peut-on pas résister au prestige ? doit-on céder
à l'attrait du plaisir, et se distraire d'une si heureuse passion
par un goût passager ? Rozainville,
vous êtes trop volage pour goûter
les charmes que vous voulez dépeindre, et qui ne sont que la
métaphysique du sentiment, et
vous n'êtes pas assez détrompé sur
les illusions de l'amour, pour
n'en pas être victime. Réfléchissez
donc, mon ami, à l'erreur qui
vous égare : lorsque Séraphine
vous aimait avec cet abandon qui
vous la soumettait entièrement,

Tome II. D

vous éprouviez le dégoût, la
satiété qui naissent d'un bonheur
tranquille. Cet attachement ne
vous suffisait pas ; vous êtes devenu inconstant ; la conduite de
Madame de Rozainville, assez bisarre, assez piquante, a ranimé
votre goût pour elle ; ses rigueurs
ont blessé votre amour-propre, et
le dépit de la voir consolée de
votre inconstance, vous trompant
vous-même, vous fait croire que
vous l'aimez encore, et que votre
tranquillité dépend du retour
qu'elle vous accordera. Eh mon
Dieu ! si Seraphine a besoin de
s'assurer de votre indifférence,
qu'elle paraisse oublier vos torts,
qu'elle vous rende vos droits ; elle
vous prouvera bientôt que l'obs-
tacle seul faisait naître le desir.

Soyez plus raisonnable, mon ami; conservez à votre épouse une amitié tendre, une confiance aimable, qui assure votre tranquillité et vous ménage quelques beaux jours pour votre vieillesse, en retrouvant alors des charmes dans la société de votre ancienne compagne. Étonné de ce sage discours de Monclar, si différent de ceux qu'il me tenait ordinairement, je sentis augmenter ma confiance et mon attachement pour lui. Hélas! malgré ma conduite, la raison plaisait encore à mon cœur; mais mon esprit, faciné par l'erreur, ne distinguait plus son véritable langage.

Je me disposais à sortir avec Monclar; nous nous étions arrêtés un moment au salon, Séraphine

y parut. Un air de mélancolie et
d'abattement donnait à ses traits
une expression touchante qui la
rendait plus belle. Elle nous fit un
accueil gracieux, nous engagea
à déjeûner, ce que j'acceptai avec
une joie que je ne cherchai point
à dissimuler ; elle fut charmante ;
elle m'adressa la parole avec affa-
bilité ; elle me dit qu'elle desirait
apprendre à monter à cheval pour
faire des promenades avec madame de*** son amie. Si elle ne demanda pas mon assentiment, elle
eût au-moins l'air de le desirer, et
l'on imagine qu'elle l'obtint facilement. Elle avait fait venir mon
fils, qui nous amusa quelques
instans par ses petites gentillesses.
Le temps s'écoulait avec rapidité :
la matinée était fort avancée ; Sé-

raphine nous quitta en nous disant qu'elle espérait nous revoir à dîner. Je retins long-tems Monclar pour l'entretenir de Séraphine : mon cœur était satisfait : une douce tranquillité répandait le calme dans mon âme. Qu'il aurait fallu peu d'efforts pour me rendre à mes premiers liens ! je ne songeai pas même qu'il y avait long-tems que je n'avais vu Clara ; je ne quittai pas Monclar, et revins avec lui attendre l'heure du dîner avec l'impatience d'un amant qui desire revoir l'objet de sa tendresse. J'avais mis plus de recherche à ma toilette ; je savais que Séraphine desirait un vase de prix; je l'avais fait porter dans son appartement : enfin, mille petits soins, dont l'occupation est si

agréable, avaient employé mon
tems. Je me livrais au plus séduisant espoir : hélas ! faible jouet des
passions qui tyrannisaient mon
cœur ; un seul instant devait détruire ma tranquillité.

Déjà nous étions réunis avec
quelques personnes : Séraphine
avait conservé la même humeur ;
elle m'avait témoigné une reconnaissance flatteuse pour mon cadeau ; elle paraissait partager le
plaisir de notre réunion. On annonce Armand : sa présence change
tout-à-coup de si heureuses dispositions. Je deviens triste ; Séraphine reprend sa froideur. Obser-
vateur partial , sans doute , je
crois remarquer un intérêt trop
flatteur, une inflexion de voix trop
touchante, lorsqu'elle adresse la

parole à mon rival ; un regard trop expressif lorsqu'elle le fixe ; enfin Séraphine me paraît de nouveau coupable.

Armand affectait une tristesse qui ressemblait, suivant moi, à un mouvement d'humeur causé par ma présence. Le trouble, l'agitation et les tourmens de la jalousie, remplacent le calme, la douce paix et la vive tendresse qui m'avaient rendu si heureux pendant la matinée ; je devins contrariant , incivil même , et sans l'attentive vigilence de Monclar, j'aurais peut-être répété la scène de la veille. Alors le souvenir de Clara s'offrit à mon esprit ; un billet, que mon domestique affidé me remit en sortant de table, acheva de me distraire ;

elle me témoignait une inquiétude
touchante sur ma courte absence,
qui lui paraissait trop longue;elle
employait des expressions si tendres, qu'elles ranimèrent mon
attachement et augmentèrent mon
dépit contre Séraphine. Ingrate
épouse, me dis-je intérieurement,
tu ne mérite pas que je te sacrifie
une femme qui sait mieux aimer
que toi ! Je sors aussi-tôt ; je me
rends près de Clara ; je reçois ses
brûlantes caresses, et trompé par
le plaisir, j'oublie le bonheur.

Quelques tems s'écoulèrent sans
apporter de changement à mon
sort. Un petit incident, fort insignifiant en apparence, augmenta
nos torts réciproques entre Séraphine et moi. Par une bisarerie,
pur effet du hasard, Clara eut aussi

la fantaisie de faire des promenades à cheval.

Habille à conduire avec grâce un coursier qui semblait fier de porter un si joli fardeau, elle se plaisait à faire briller son adresse; elle me fit part du desir d'avoir un petit cheval alezan qu'elle marchandait; mais le prix trop considérable l'empêchait, disait-elle, d'en faire l'acquisition. On sait l'effet que produit ordinairement une pareille confidence. Je m'informai du nom du marchand possesseur du précieux animal; et je veux, à quel prix que se soit, en faire l'emplette pour l'offrir à Clara. Je ne devais confier à personne un soin aussi important. Je me transporte donc moi-même chez le marchand; je vois le cheval; j'en offre le prix qu'on de-

sirait ; il s'y refuse, en me disant
que le marché est presque conclu ;
qu'il a donné sa parole à un jeune
homme qui veut absolument l'a-
voir. Je demande son nom : c'est
Armand. Alors, le desir devient
une volonté ; je fais un si grand
avantage au marchand, que j'ai la
préférence ; et sûr de ce succès,
remporté sur celui que je regarde
comme mon rival, le plaisir d'offrir
le cadeau à Clara est double.

Clara, enchantée de ma galanterie, me fait les plus vifs remercîmens ; il est décidé que, dès le
lendemain elle se montrera au
bois de Boulogne ; je lui promets,
non point de l'accompagner, mais
de m'y trouver pour jouir du
bonheur de l'admirer.

En effet, je me promenais déjà de-

puis long-tems en attendant Clara,
lorsque j'apperçois madame de
Rozainville sur un joli cheval,
accompagnée d'Armand et d'un
seul domestique. Mon premier
mouvement fut de les joindre pour
reprocher à Séraphine ses incon-
séquences ; mais j'eus assez d'empire sur moi pour ne pas céder à
ce transport. Je m'enfonçai dans
le bois : là, je fis les plus affli-
geantes réflexions. Séraphine, qui
voulait, disait-elle, apprendre à
monter à cheval pour accompagner madame de ***, se promenait seule avec Armand. Elle m'a-
vait donc trompé ; ensuite il paraissait évident que ce cheval, qu'il
avait tant desiré d'avoir, était pour
elle. Je présumais assez bien de sa
délicatesse, pour ne pas croire

qu'elle voulût recevoir ce cadeau
d'Armand; mais elle l'avait chargé
d'en faire l'emplette, et c'était un
grand tort à mes yeux. Je ne songeais pas alors que je paraîtrais
bien plus coupable, quand mon
épouse saurait que ce cheval,
acheté par moi, appartenait à
Clara; il ne me vint pas même à
l'idée de lui éviter ce désagrement.

Clara parut bientôt, je la suivais de loin sans être apperçu,
tenant un sentier détourné; elle
passe près de Séraphine et d'Armand. Celui-ci dit à ma femme:
voilà le cheval que Rozainville a
acheté, j'ai gagné mon pari;
vous voyez que j'étais sûr de l'em-
ploi qu'il en voulait faire. Ils
joignirent au même instant plusieurs dames, parmi lesquelles je
reconnus

reconnus Madame de ✱✱✱. Pour
moi, contrarié de ma gaucherie,
piqué de l'insolent pari d'Armand,
je regagne tristement Paris.

Je forme le projet d'employer
l'adresse et la ruse, pour obtenir
de Monclar la confidence qu'il
m'avait promise sur les secrets
d'Armand; depuis ma dernière
scène, il était devenu plus re-
réservé; le seul moyen de le rendre
indiscret, était d'affecter l'indifférence; j'adoptai ce moyen: « Je
viens du bois de Boulogne, lui
dis-je, j'ai vu sans être apperçu
Séraphine et son amant, qui se
livraient aux charmes d'un heureux tête-à-tête. Je n'en ai pas pris
d'humeur; ma foi, je suis, je
crois, entièrement guéri de ma
folle passion et de ma ridicule ja-

lousie; ils se sont réunis à Madame de * * * : je vois que Seraphine conserve les ménagemens
nécessaires, cela me suffit; j'a-
dopte vos conseils, Monclar, je
m'en trouve fort bien, j'ai re-
couvré ma tranquillité; j'aime
ma petite danseuse à la folie, et
je préfère cette existence à celle
que j'avais autrefois .» Monclar
se réjouit du retour de ma raison,
m'encourage à conserver mon
heureuse philosophie, et me re-
commande sur-tout d'éviter les
scènes et les explications. « Elles
seraient inutiles, me dit-il, et
ne serviraient qu'à vous tour-
menter. — Ah! sans doute, repris-je; d'ailleurs, je me doute
bien que le cher Armand est sûr
de son bonheur; votre réserve me

confirme depuis long-tems dans
cette opinion , je vous sais gré de
cette précaution ; mais elle est
inutile maintenant , et en me
donnant la certitude que je suis
sans espoir, vous assurerez ma
résolution.»Monclar,dupedecette
apparente insouciance, m'avoue
qu'Armand a véritablement fait
de grands progrès sur l'esprit de
Séraphine, si ce n'est même sur
son cœur; qu'il a pris d'abord le
rôle de confident pour gagner
celui de consolateur, qu'il a eu
la patience d'endurer son humeur,
d'écouter les plaintes et l'ennuyeux
récit des chagrins que mon infidélité lui causait; qu'après avoir
même cherché à la faire revenir à
ses premiers sentimens pour moi,
en ayant reconnu l'inutilité , il

était parvenu à la distraire de mon souvenir, en l'occupant par le sien ; qu'elle lui accordait une confiance flatteuse ; qu'il trouvait à la vérité une difficulté extrême à vaincre les scrupules de Séraphine, et à triompher entièrement de sa raison, mais que, sous le voile bien usé de l'amitié et toujours nouveau auprès d'une femme qui est encore effrayée, il avait déjà dépassé les limites de ce sentiment.

J'employais tout mon art pour dissimuler le trouble que me faisait éprouver la cruelle confidence de Monclar. « Ainsi, dis-je, il est pleinement satisfait ? — Non pas, reprit Monclar ; il entrevoit seulement de l'espoir. —Fort bien. Savez-vous s'ils s'écrivent ? —Ah! certainement, sans ce moyen, il

n'aurait pas tant d'avantage. Dans
une conversation, le plus léger
moment d'humeur vous dérange;
au lieu que dans une lettre touchante et bien diffuse, on laisse
des moyens de défense qui sont
saisis; on s'engage dans une discussion, et la force du raisonnement est toujours aux dépens de
la raison. — Et, ont-ils des entrevues particulières ? dis-je avec
chaleur, je voudrais bien le savoir.
Puis, reprenant un air calme, ce
serait afin d'être absolument détrompé. — Non, me dit Monclar,
il faut beaucoup de prudence et
d'adresse; Armand voit bien qu'il
doit plutôt ses succès à la vengeance qu'à l'affection. Il fallait
son caractère patient et réfléchi,
pour réussir dans une entreprise.

si difficile. —De manière, dis-je,
qu'il regarde son triomphe assuré.
— Mais à-peu-près. »

Je tire ma montre avec vivacité,
feignant d'être surpris par l'heure,
je me lève avec précipitation.
Adieu, Monclar; on m'attend, je
vous quitte. —Quel étourdi! vous
verrai-je aujourd'hui ? — Non.
Je fuis avec promptitude; j'étais
hors de moi, ma tête était per-
due; j'avais renvoyé mes chevaux,
je monte dans un fiacre. « Où
faut-il vous conduire, monsieur?
me dit le cocher. — Où tu vou-
dras. — Mais où? au bois de
Boulogne, à Belle-ville, à Vincennes? — Oui, à Vincennes;
dépêche-toi, je suis pressé. » Je
m'enfonce dans la voiture, et là,
je me livre à la plus violente dou-

leur; cédant à l'excès du désespoir,
je verse des larmes, en songeant
à Séraphine, à notre amour trahi;
honteux de cette faiblesse, j'en
accuse Armand, et mon ressentiment s'accroît. La vengeance
fait place à l'attendrissement, je
m'écrie : Étais-je donc assez lâche
pour être moi-même l'artisan de
mon déshonneur ? et devais-je
m'abandonner un seul instant à
l'idée avilissante de recevoir de
pareilles confidences? Monclar,
cruel ami ! tu m'as trompé; c'est
toi qui m'as égaré, tu m'en ren-
dras raison; mais ce ne sera que
lorsque ma vengeance, déjà as-
souvie par la mort de mon odieux
rival, m'en laissera le loisir. Je
suis perdu sans retour ; le voilà
arrivé ce moment d'une éternelle

rupture! seul, isolé dans la nature , il ne me restera pour com-
pagnon que mes remords, et pour
société que des êtres dégradés
comme moi par les plus viles
passions. Oh respectable Maliban!
pourquoi le ciel m'enleva-t-il le
seul ami vrai qui m'eût sauvé de
moi-même , qui, prenant pitié
de ma faiblesse, m'eût retiré de
l'abyme où m'a précipité mon
aveugle condescendance ? infortunée victime des plus funestes
égaremens , je ne puis donc plus
prétendre au bonheur; Séraphine,
avez-vous osé trahir vos sermens ?
Regrets inutiles et trop tardifs,
ta conduite est mon ouvrage, je
dois expier ce forfait; mais se-
rais-je donc le seul à souffrir? non,
je veux abreuver ton insensible

cœur d'amertume; je justifierai
ta cruauté, tu expieras dans les
larmes l'oubli des devoirs auxquels une femme doit toujours
rester soumise: tu m'as trompé
par ta méprisable dissimulation,
eh bien! comme toi, je saurai
feindre, je méditerai ma vengeance, pour la rendre plus écla-
tante.

C'est en me livrant à ce pénible
délire, que j'augmentais mon su-
plice: j'étais arrivé à Vincennes;
le cocher s'arrête; je descends ma-
chinalement; j'entre dans le bois,
je le parcours; j'erre à l'aventure
sans pouvoir recouvrer la tranquillité. La solitude et le calme
de la retraite ajoutent au désordre
de mon esprit. Cet isolement me
représente le vide de mon âme;

je tombe accablé de lassitude.
Annéanti par l'excès de mes maux,
j'aurais terminé ma pénible existence, si la colère et le ressentiment n'eussent soutenu mon courage. Absorbé par la funeste jalousie, je médite à loisir le moyen
de la satisfaire; je m'appésantis sur
les détails de mille projets inventés
par le délire d'une imagination
exaltée ; je goûte une barbare
jouissance à m'y livrer. Enfin, je
m'arrête à celui-ci : J'épierai, me
dis-je, toutes les actions de Séraphine; je jouerai le vil rôle d'espion
dans ma propre maison, mais que
m'importe désormais ? J'aurai
bientôt reconnu quels sont les gens
à qui elle accorde sa confiance;
je les séduirai, et, surprenant
ainsi le secret de mon épouse, je

me rendrai possesseur d'une de ses
lettres. Ce témoignage sera suffisant pour la confondre, exercer
ma juste sévérité et autoriser la
vengeance que je retirerai d'Armand.

Il m'avait fallu du tems pour
résumer mes idées et les fixer.
J'étais absorbé par la douleur. Insensible à force de sentir, la nature avait perdu ses droits. Déjà le
soleil, sur son déclin, annonçait
le crépuscule; l'air était froid encore, je n'avais point ressenti son
influence, non plus que le besoin
de manger; je serais resté long-
tems peut-être dans cet apathie,
fruit ordinaire des secousses trop
violentes, si je n'eusse été retiré
de ma rêverie par un léger bruit
qui se fit entendre à quelques dis-

tances de moi : c'était la voix de deux personnes qui s'entretenaient. J'écoute d'abord sans entendre ; mais je porte bientôt attention à leurs discours, lorsque je reconnais que ce sont des époux heureux, qui se livrent à leur mutuelle tendresse.

Je n'ai pu attendre ton retour, mon cher Georges, disait la jeune villageoise à son mari : les journées qui passent si vite quand tu partages mes occupations , me paraissent trop longues quand nous sommes séparés ; je ne m'accoûtume point à ton absence ; je préfère la gêne et même la misère à l'aisance qu'il faut acheter par une si cruelle séparation. Souffrons ensemble, mais ne nous quittons plus. — Oh ! que tu as bien raison, mon

mon Helenne ; j'ai fais les mêmes
réflexions que toi, et si l'idée
d'alléger tes peines, de te soulager
et de procurer des secours à nos
enfans, ne m'eût imposé la loi
d'accepter cette place, qui me
prive du bonheur d'être avec toi,
je n'aurais pas eu le courage de
te quitter. Tu le sais, Helenne ?
avant nos malheurs, ma plus douce
satisfaction était de te consacrer
mes loisirs. Riches de notre amour,
nous n'embitionnions pas d'autres
biens ; mais ce cruel revers nous
a fait éprouver la gêne, et notre
absence est le seul chagrin que
nous ayions ressenti depuis dix ans
que nous sommes ensemble : ex-
cepté pourtant celui que nous cau-
sèrent les persécutions de ce jeune
seigneur, qui était devenu si épris

Tome II. F

de tes charmes, et qui voulait
troubler notre tranquillité ; mais
tu sus résister à ses offres,
rejetter ses propositions, et pré-
férer le devoir et l'amour à la
richesse et à la vaine gloire de
briller ; l'estime et la reconnaissance auraient augmenté ma tendresse, s'il m'eût été possible de
t'aimer d'avantage.

Heureux Georges ! fortunés
époux ! m'écriais-je : voilà le tableau de l'innocence, des mœurs
et du vrai bonheur ! Vous êtes
mille fois plus riches que moi ;
dans votre indigence, vous jouissez
du souverain bien. Je m'approchai d'eux : « Pardonnez, leur dis-
je, si j'ai écouté votre touchant
entretien ; hélas ! mon cœur connaît
l'inappréciable jouissance que vous

goûtez, et sut l'apprécier. J'en suis
privé pour jamais, et cette idée
funeste m'a arraché l'exclamation
qui vous a sans-doute surpris. Ex-
cusez-là, honnête Georges : tout
homme sensible et délicat vous
portera envie. » J'étais si emu en
leur parlant, que j'excitai sans-
doute leur pitié. Des larmes hu-
mectaient mes paupières ; l'altération de mes traits, la douleur
qui s'y faisait remarquer, atten-
drirent ces bonnes gens ; ils cher-
chèrent à me consoler avec une
simplicité touchante, mille fois
préférable à ces discours étudiés.
je les suivais en causant ; insensi-
blement nous arrivons à leur
chaumière. Les enfans accourent
et se jettent dans les bras de leur
père. Ces deux intéressans villa-

geois reçoivent et donnent de
tendres caresses à ces petits êtres
qui, sous la livrée de l'indigence,
connaissent si bien les plaisirs émanés du sentiment. Quelle scène
touchante ! combien elle était précieuse et déchirante pour moi !
Mais en souffrant de mes peines,
je n'oubliais point celles d'Helenne
et de Georges. Je pouvais les faire
cesser, et j'en avais aussi-tôt formé
le projet. Ils m'offrirent de me
reposer dans leur modeste azile :
leurs politesses étaient faites avec
timidité, mais sans embarras.
Helenne et Georges avaient des
manières et une conversation au-
dessus de leur état ; je jouissais de
me trouver au sein de cette famille estimable et parmi des gens
que la société ne distingue pas et

qu'elle méprise: hélas! c'est auprès d'eux que l'on retrouve encore les vertus qui devraient leur donner le premier rang.

Hélenne tout en s'excusant, distribuait à sa petite famille une soupe préparée avec soin ; Georges était le mieux partagé, et malgré la grossierté des vases et la simplicité des mets, l'amour savait leur donner une plus agréable saveur. Ils ne voulaient point souper en ma présence, je les y engageai ; Hélenne m'offrit du lait. Depuis que mon cœur ému par ses douces sensations s'était un peu calmé, j'éprouvais le besoin. J'accepte et je fais le plus délicieux repas que j'aie pris depuis ma dernière querelle avec Séraphine.

J'avais besoin d'établir une certaine intimité, pour faire accepter à mes hôtes les secours que je voulais leur porter. Je leur demande le récit des malheurs dont ils s'étaient entretenus, ils m'en instruisirent avec confiance.

Une dame de qualité, Marraine d'Hélenne, en la mariant, l'avait placée dans une petite ferme qui suffisait à les faire subsister par leur travail; elle était venue à mourir depuis peu; ses biens avaient été vendus. A l'air d'embarras de la belle Hélenne, au récit de son mari, je vis que celui qui avait acheté les biens était le jeune seigneur qui lui avait fait des propositions, et qui par une belle vengeance, les avait chassés. N'ayant pas trouvé d'autre place

depuis, Georges avait été obligé
de se mettre jardinier à Paris ; il
ne pouvait venir que rarement
près de sa compagne, ce qui avait
motivé l'entretien que j'avais entendu. Je m'informai s'il n'y avait
pas quelques biens à vendre dans
les environs, ils m'en indiquèrent
plusieurs ; je leur dis que mon intention était d'acheter une petite
possession, et que je les mettrais
à la tête de ma ferme. Georges et
Hélenne ne furent point dupes de
mon intention ; ils m'adressèrent
de vifs remercîmens, me donnèrent mille bénédictions, et
l'espérance, rassérénant leur âme,
les combla de satisfaction. Moi-
même je me retirai plus calme. Je
goûtais une jouissance indicible ;
la bienfaisance était une vertu qui

ne m'était pas encore étrangère;
cette idée rendit ma douleur plus
tranquille ; je souffrais, je sentais
mes tourmens plus vivement
peut-être, mais au moins le désespoir s'était appaisé. Georges
me reconduisit à Vincennes ; je
repris la voiture et je revins à
Paris. Il était déjà tard, je rentrai
chez moi, j'avais besoin de repos;
mais pouvais-je espérer d'en goûter? Hélas ! il n'en est plus pour
l'être coupable qui ne peut sans
effroi interroger sa conscience.

Oh ! ma Séraphine, ton idée,
qui ordinairement me consolait
de tous mes maux, fait maintenant mon plus affreux supplice,
le mépris ayait remplacé l'estime,
sans détruire l'amour; un instinct
secret te rendait malgré moi cette

estime que tu n'avais point mé-
rité de perdre, et ces combats
cruels déchiraient mon cœur.
Rappellant tour-à-tour, la raison,
l'erreur, l'indulgence et la sévérité, je ne savais à quel parti
m'arrêter. Le desir de la vengeance
fût le plus dominant; mais en
songeant à l'exercer, je voulais
encore te ménager, ma Séraphine:
le souvenir de tes bienfaits effaçait
une partie de tes torts. Aurais-je
pu calculer de sang-froid ton malheur et méditer ta perte ? le jour
me surprit dans ces irrésolutions;
un projet nouveau détruisait le
précédent, je voulais m'éloigner
de toi, fuir le théâtre de mon
déshonneur, et laisser à tes remords le soin de venger un coupable et malheureux époux.

Il m'était insupportable de revoir Monclar, sa vue aurait ranimé mes transports ; je lui écrivis que je partais pour passer quelques jours à la campagne : je fis aussi prévenir Séraphine de mon prétendu départ, et, suivi d'un seul domestique affidé, je fus prendre un petit appartement garni, voisin de la demeure d'Armand, pour épier ses démarches, et découvrir les messagers secrets de la funeste correspondance de mon épouse ; là, seul, livré à la retraite, je m'abreuvais de douleur: il n'était plus pour moi de motif de consolation. Clara m'était devenue odieuse, je ne sais pourquoi ; j'avais d'ailleurs épuisé presque toutes mes resssources pécuniaires. La somme que je tenais de

la généreuse liberalité de monsieur
de Maliban était presqu'entièrement consommée, et sentant trop
que je ne pouvais exiger de Clara
le sacrifice de son aisance, je me
décidai à la quitter ; je lui écrivis
pour lui rendre sa liberté ; elle
l'accepta sans nul regret, et me
prouva par sa légèreté, que j'avais
encore été dupe de ma confiance.

Je m'occupai aussi d'un soin
plus précieux et plus cher. J'ache-
tai une petite ferme de peu de
valeur, mais qui pouvait suffire
par son rapport à l'existence de
Georges et de sa famille ; elle
était voisine de leur demeure :
une chaumière commode devait
leur servir d'asyle, je pris soin de
la remplir de tous les ustensiles
propres au labourage. Qu'il fallut

peu sacrifier pour leur procurer une honnête aisance, et que de sommes prodiguées follement dans une seule journée, feraient, si elles étaient employées utilement, le bonheur de ces estimables villageois qui savaient se contenter du simple nécessaire, et dédaigner ces besoins factices qui n'appartiennent qu'au luxe! Quelques meubles grossiers, mais propres, une charette, deux chevaux, trois vaches et un troupeau de moutons, furent des cadeaux plus précieux pour eux, que ces vains apanages qui ne sont que les accessoires ruineux de l'opulence.

Le tout ainsi préparé, je m'empresse de jouir du plaisir d'installer mes nouveaux amis dans leur nouveau domaine, et recevoir

voir le doux prix de mes soins.
Je devrais plus de reconnoissance
à mes protégés, qu'ils n'en pour-
ront éprouver; je leurs devrais une
jouissance inapréciable, et l'oubli
momentané de mes tourmens.

Je me rends, dès le matin, chez
Hélenne; j'avais fais prévenir Georges de ne point s'éloigner; ils me
reçoivent avec cette expression
gracieuse d'une franche amitié:
une seule soirée passée dans l'effusion de la confiance et du sentiment, me faisait déjà regarder
comme un ancien ami; je leur dis
que je veux leur montrer le domaine, dont ils vont devenir les
régisseurs: nous parcourons les
champs, les vignes qui en dépen-
dent; nous arrivons enfin à la petite ferme; je donne la clef à Geor-

Tome II. G

ges; nous entrons, Hélenne admire
la propreté et l'ordre de la maison.
Jaloux de leur faire connaître, de
suite, leur richesse, je ne dédaigne point de les conduire dans
l'étable où mugissent les animaux,
impatiens de jouir de la liberté.

Quils sont riches, les proprié-
taires de cette habitation, dit Hélenne!Si des souhaits inutiles m'ét-
taient permis, je ne desirerais pas
d'autre fortune que du travail et
la possession de ces objets. Eh bien!
mes amis, leurs dis-je en les pressant contre mon sein, ils sont à
vous; tous ceci vous appartient;
acceptez les légers bienfaits de
l'amitié, comme le gage de la plus
tendre estime, et la récompense
de vos vertus.

Etablissez-vous ici, mes bons

amis, et jouissez du bonheur de
votre amour mutuel. Georges diri-
gera les travaux, comme il le
voudra; Si le revenu de la terre
n'est pas suffisant, je pourvoirai
au reste. Homme généreux! me
disent-ils tous les deux, pouvons-
nous accepter de tels bienfaits,
quand nous n'avons rien fait pour
les mériter? Permettez, monsieur,
me dit Georges, que tout ceci ne
soit qu'une avance. — Non, non,
ne me refusez pas le seul plaisir
que je puisse goûter désormais.
Leur reconnaissance fut ex-
primée avec cette noble fierté
qui n'exclut point la sensibilité;
leur attendrissement était si touchant qu'il passa dans mon âme:
je goûtais, pour la première fois,
cette délicieuse satisfaction que

procure une bonne action: j'avais
souvent obligé mes camarades,
mes amis; mais jamais je n'avais
ressentis un plaisir si vif et si
pur; je fus forcé de me servir
de tout l'empire que j'avais sur
l'esprit de Georges, pour l'engager à consentir à ne point me
payer le prix que pouvait rappor-
ter le produit de la terre; il fut
décidé qu'il m'en tiendrait compte,
et que je lui donnerais seulement
l'indemnité ordinaire: je crus devoir satisfaire à sa délicatesse.

Ce n'est pas assez d'être généreux; il faut encore savoir ménager le noble orgueil de celui qui
éprouve l'infortune sans murmu-
rer. J'eus occasion, par la suite,
de juger combien Georges était
reconnaissant; il s'exposa aux

dangers de perdre la vie, pour
m'obliger à son tour, et me prouver, par ce généreux dévouement,
qu'il méritait ce que j'avais fais
pour lui.

Je passai la journée avec mes
intéressans protégés; je leur promis de venir oublier, près d'eux,
les peines qui m'accablaient, et je
les laissai sensiblement affligés de
ne pouvoir faire passer, dans mon
âme, la douce joie qui remplissait
les leurs. De retour dans ma retraite, je perdis bientôt l'impression du plaisir, qui m'avait char-
mé, pour retrouver mes ennuis,
et ma pénible anxiété. Lajeunesse, seul domestique qui m'eût
accompagné, était chargé de faire
le guet au travers de la fenêtre.
Sa funeste exactitude lui avait fait

reconnaître un des gens de Séraphine, qui venait le matin porter
les lettres à Armand. J'étais déjà
prévenu de cette correspondance;
néanmoins la certitude que j'en
avais, me causa un peine nouvelle; je voulais, à toute force, me
procurer des lettres d'Armand.

Lajeunesse fut consulté sur le
moyen qu'il fallait employer;
j'étais tellement coupable, que je
ne rougissais plus d'initier le domestique dans un secret qu'il
m'eût été si important de cacher.
Je lui ordonnai de tâcher de trouver un moyen d'amuser le domestique de Séraphine; de l'engager
à boire, et de se saisir adroitement
des papiers dont il était porteur.
Lajeunesse, pour n'être pas reconnu, chargea un de leurs amis

communs, de cette importante
commission; il s'en acquitta avec
le zèle et l'intelligence de ces sortes de gens. Il fut amplement ré-
compensé; Lajeunesse, satisfait
de la réussite de son expédient,
m'apporta, d'un air triomphant,
cette lettre qui devait décider de
mon sort.

Un frémissement de fureur
parcourut tout mon être, en la
recevant; j'étais si troublé que je
n'osais en faire la lecture; je pressentais l'effet terrible qu'elle allait
produire; ma main tremblante se
refuse à rompre le cachet; mes
yeux, couverts d'un nuage épais,
ne peuvent distinguer les caractères; je m'arrête un instant;
malheureux ! m'écriai-je, tu oses,
par un vil artifice, satisfaire ta

coupable curiosité; tu n'as donc
plus rien de sacré? mais que dis-
je, doit-on rougir en dévoilant
un tel mystère d'horreur? Non,
non, une fausse délicatesse me
retient; j'ouvre le fatal billet,
j'abreuve mon âme de la douleur
qu'il me cause: chaque expression
tendre, est un trait qui déchire
mon cœur; je vois combien un
rival méprisable, profitant de son
avantage, abuse de mes erreurs
pour alimenter la haine de Séraphine; je prends mes pistolets et
je vais chez mon perfide ennemi.

— Connoissez-vous cette écri-
ture, lui dis-je avec fureur? songez à me rendre raison, de cette
injure; il faut que la mort de l'un
de nous venge cet outrage.

— Armand, tranquille dans

le crime, conserve son sang-froid :
ce billet n'est pas signé, me dit-il ;
il est sans adresse ; comment peut
il vous offenser ?

— Et le nom de Séraphine plusieurs fois répété, barbare, ne
me confirmerait-il pas mon malheur, si je pouvais en douter
encore?

— Armand consent à me donner raison, il veut des témoins ;
je ne le permets point. Nous nous
rendons à ..... avec des pistolets : il tire le premier ; je suis
grièvement blessé ; la douleur et
la rage rendent mes efforts impuis-
sans ; je fais feu ; mais le coup,
mal dirigé, effleure la tête d'Armand, et emporte seulement une
boucle de cheveux ; il veut me
porter des secours. — Ne m'ap-

proche pas, monstre, lui dis-je ;
il me serait trop affreux de t'avoir
une obligation; je perds l'usage de
mes sens; j'ignore ce qui se passa
alors. Quand je revins à la vie,
je me retrouvai dans l'hôtel de
Séraphine, entouré de mes gens
et de deux médecins, qui paraissaient attendre avec inquiétude,
l'effet de la crise qui causait leurs
allarmes.

Il fallut souffrir l'opération
douloureuse d'extirper la balle
qui était restéedans l'épauledroite;
et si j'échappais au danger, ce ne
pouvait être que par un miracle.
Monclar, était près de moi, on
ne me permit aucune question :
ma faiblesse m'ôta, pendant long-
tems, la faculté de recouvrer le
souvenir de mes peines, lorsque

je retrouvai des forces pour
souffrir, j'appris par Monclar,
qu'Armand était disparu ; que la
crainte d'être inquiété était, sans
doute, la cause de son départ.

— Et madame de Rozainville,
que fait-elle, dis-je avec douleur ?
a-t-elle partagé les inquiétudes
que mon état a donné ?

Monclar garde le silence.

— Parlez, lui dis-je, je puis
tout entendre maintenant.

— Il m'apprit que le jour du
combat, elle avait quitté son ho-
tel, et était entrée au couvent de
Panthemont, d'où elle comptait
plaider en séparation.

— Ainsi tout est fini ! dis-je
avec un sourire amer ; mais pourquoi me procurer des secours ?
Monclar, n'êtes-vous pas satis-

fait de votre ouvrage, et osez-vous
bien considérer votre victime dans
le triste état où vous l'avez réduite?

Monclar s'excusa, me montra
un regret si vif, une affliction si
vraie, que mon ressentiment
s'éteignit : devais-je l'accuser de
mes propres erreurs? il me rap-
pella que si j'avais suivi exactement ses conseils, je n'aurais pas
agit de même.

Je fus long-tems à me rétablir;
mon affaire avait fait du bruit,
tout le monde était occupé de
notre séparation; moi seul je ne
songeais qu'à l'indifférente crua-
té de Séraphine; elle avait mis
mon fils en pension; j'ignorais en
quel lieu il était. Enfin j'étais totalement abandonné.

Une profonde mélancolie s'é-
tait

tait emparée de mon âme, et l'absorbait totalement; elle nuisait
à mon rétablissement; ma con-
valescence fut longue et pénible;
je me livrais à des réflexions trop
tardives qui ne servaient qu'à
augmenter ma douleur, la solitude me paraissait affreuse; il
me semblait que j'étais seul dans
l'univers; je n'étais pas seulement
tourmenté par la perte d'un sentiment toujours cher à mon
cœur, la fortune jalouse de ses
propres dons, faisait succéder
l'amertume des chagrins domestiques aux douceurs de la prospé-
rité. Le bouleversement causé
par la révolution changea mon
sort d'une manière funeste pour
moi. Je passerai légèrement sur
des évènemens dont le souvenir

Tome II. H

douloureux excite des regrets et inspire des idées qu'il importe à notre tranquillité de ne point rappeller. Je ne parlerai donc que de ceux qui seront indispensablement nécessaires à l'historique des aventures dont je fais le récit.

Déjà quatre mois s'étaient écoulés depuis l'époque de mon duel; on était alors à la fin du mois de juillet de l'année 1789. On sait que pendant le cours de ce mois, le régiment des gardes françaises fut obligé de céder la garde des postes dont il faisait le service, à la milice bourgeoise. Dès-lors notre corps fut regardé comme licencié, notre traitement cessa, et les officiers suivirent individuellement les circonstances qui leur parurent convenables. Monclar et moi

nous regrettions plus que tout
autre les grades et les avantages, dont un seul instant nous
avait dépouillés. Nous eûmes
pendant quelque tems l'espoir que
les affaires prendraient une tour-
nure satisfaisante; mais la chaîne
des évenemens désastreux qui se
succédaient les uns aux autres, dé-
truisirent tout jusqu'à l'espérance.

Monclar conservait pour moi
la plus vive amitié, il renonçait
sans nul effort aux plaisirs et aux
distractions, pour partager ma
solitude. Nos entretiens étaient
tristes et mélancoliques, ils roulaient toujours sur le même sujet;
il écoutait mes plaintes doulou-
reuses avec un intérêt qui m'était
précieux.

L'abandon de Séraphine, le si-

lence qu'elle gardait avec moi,
était un excès de cruauté de laquelle je ne l'aurais pas soupçonné
capable; je me persuadais qu'enfin
elle daignerait m'instruire de ses
résolutions. J'attendais vainement;
les jours se succédaient sans apporter de changement à ma triste
position , et cette attente me
jettait dans une apathie que rien
ne pouvait distraire ; j'étais entouré d'un nombre de domestiques
qui me devenaient fort inutiles.
Séraphine n'avait pris avec elle
que ses femmes, un domestique
et son cocher ; nous avions chacun notre voiture, il me restait
une maison montée qui était fort
dispendieuse ; je fis venir le
maître-d'hôtel qui était l'homme
de confiance de Madame de Ro-

zainville ; il m'apprit que c'était
par ses ordres qu'il faisait la dépense de la maison ; je le chargeai
d'informer sa maîtresse que
mon projet était de congédier
la plus grande partie de mes gens,
et de louer l'hôtel que nous occu-
pions, le trouvant trop spacieux
pour moi maintenant. Deux jours
après, Monclar reçut un billet
de Séraphine, qui le priait de
m'informer que des raisons d'intérêt nécessitaient une entrevue ;
elle m'invitait à me rendre chez
elle le lendemain, que son homme
d'affaire s'y trouverait aussi, et
qu'elle me ferait part de ses intentions. Monclar me donna ce billet ;
j'éprouvai un trouble extrême en
revoyant ces caractères chéris,
tracés par mon épouse ; ils rap-

pellèrent à ma pensée notre première correspondance et les tendres preuves d'amour qu'elle
m'avait donné; j'en sentis plus
douloureusement l'horreur de
mes chagrins présens; je ne savais
si je devais me rendre à une invi-
tation faite avec tant de froideur
et pour un motif aussi insignifiant.
Bientôt, me livrant à une espérance
frivole ; j'imaginais que Séraphine reconnaissant ses torts, et
voulant excuser les miens, s'était
servi de ce prétexte pour décider
notre rapprochement. Hélas !
cette idée ne s'offrait à mon esprit, que parce que mon cœur la
desirait. La conduite qu'elle avait
tenue depuis la scène du rendez-
vous, ne devait me laisser aucun
espoir de l'attendrir ; mais dans

la circonstance la plus désespérée,
l'être malheureux sur le sort duquel ses amis détrompés gémissent
déjà, croit encore entrevoir un
avenir heureux.

J'attendis avec une crainte pénible et en même-tems satisfaisante, l'instant que Séraphine
avait marqué pour notre entrevue;
j'éprouvai une émotion qu'il m'était impossible de vaincre ; je sentis mes forces m'abandonner :
lorsque j'entrai chez Madame de
Rozainville, l'homme d'affaire
était déjà arrivé; elle était à son
parloir. Je ne pus lui parler, je
tombai dans un siège placé près
de la grille; Séraphine eut aussi
l'air fort agitée ; mais reprenant
bientôt son sang-froid, elle m'adressa la parole : « Le projet de

réforme que vous avez annoncé ,
monsieur, me dit-elle, m'a décidé à vous faire connaître mes
intentions. Ecoutez-moi, je vous
prie, sans m'interrompre : j'avais
résolu de plaider en séparation ;
mais l'état des affaires générales,
ne permettant point de s'occuper
des affaires particulières , (nous
étions alors en janvier 1790) j'ai
changé d'avis , et vous penserez
sans doute comme moi, que cette
formalité est inutile entre nous.
La communauté des biens n'étant
point établie par notre contrat
de mariage, nos fortunes ont toujours été séparées, nos personnes
le sont depuis long-tems, ainsi
ce n'est presque rien changer à
notre position; je suis décidée à
rester dans le couvent, si vous

l'exigez ; mais je desirerais retourner dans ma terre près de Va-
logne, où je veux fixer ma rési-
dence. L'abolition des droits féo-
daux et de tous les autres privi-
léges dont jouissaient mes ayeux,
diminuent considérablement ma
fortune ; je me vois forcée de faire
des économies ; mais avant je sais
que vous avez des dettes , je vous
prierai de m'en donner l'état, afin
de les faire acquitter ; je vous
ferai toucher ensuite une somme
de six mille livres, et cette même
somme vous sera comptée exactement chaque année ; je crois
que la loi ne vous traiterait pas
plus favorablement : ainsi, monsieur, si vous êtes satisfait de ces
dispositions, elles auront lieu
jusqu'à nouvel ordre, et nous

verrons par la suite le moyen
qu'il faudra prendre pour faire
sanctionner notre séparation.

— Est-elle donc décidée, Séraphine, répondis-je, et pouvez-
vous calculer de sang-froid mon
malheur ? — De grâce, monsieur, épargnons-nous des reproches qui ne changeront rien à
ma résolution ; j'ai fait dresser
l'acte qui établit la convention
faite entre nous, veuillez-bien
le signer. — Cruelle épouse! quoi!
vous auriez la barbarie de l'exiger ? non, madame, je ne con-
sentirai point à vous perdre. — La
loi vous y forcera, monsieur,
et dût-elle être en votre faveur,
ce qui est impossible, la mort
me serait moins odieuse que l'idée
de retourner avec vous. — Séra-

phine ; vous êtes impitoyable ;
voyez ma douleur, mes regrets ;
c'est moi qui suis outragé, et
l'amour plus fort que le ressentiment m'ote la force de soutenir
l'idée d'une éternelle rupture.
— Eh! monsieur, songez donc
qu'elle existe depuis un an, à
cette époque, vous avez perdu
tous vos droits, et vous n'avez
manqué ni de courage, ni de
philosophie pour vous en consoler.
— Est-ce bien vous, Séraphine,
vous épouse adorée, vous si souvent témoin de mes regrets, qui
m'adressez ce reproche cruel ;
c'est vous qui avez par votre coupable rigueur, causé tous nos
maux, votre conduite a seul ame-
né mes torts. — C'est la votre,
monsieur, qui fait mon excuse ;

mais cessons, je vous prie, cet
entretien. Acceptez-vous ce que
je vous propose ? — Eh ! que
m'importe. — Il m'importe beaucoup à moi, monsieur. Cet arran-
gement assure ma tranquillité.
— Il assure votre tranquillité,
Séraphine ? eh bien ! j'y souscris
aveuglément, dis-je avec vivacité.
Je prends la plume, et je signe
l'acte que l'homme d'affaire me
présente. Etes-vous contente,
madame ? — Oui, répondit-elle.
Ses larmes inondaient sa figure.
— Séraphine! m'écriai-je; tu t'a-
buses, tu souffres autant que
moi ; ne résiste pas à cet élan de
sensibilité qui peut nous rendre
au bonheur.

Hélas! elle ne m'entendait plus;
elle avait quitté le parloir ; je
l'appèle

l'appèle à grands cris. Cédant au désespoir qui m'agite, je me livre à la plus affreuse douleur ; je frappe violement ma tête contre la grille du parloir ; je me fais une blessure, mon sang coule ; je me sens défaillir, les forces m'abandonnent. L'homme d'affaire, qui était resté avec moi, me porte des secours, m'aide à regagner ma voiture, et m'accompagne à mon hôtel, où Monclar m'attendait. Il me fait mettre au lit, me prodigue les plus tendres soins de l'amitié. Ma santé, très-faible depuis ma maladie, est altérée d'une secousse aussi violente : je fus alité pendant plusieurs jours ; ma raison paraissait aliénée; Monclar ne pouvait reconnaître, au désordre de mes discours, quel était le véritable sujet de cet état allarmant. Enfin , la fièvre se calma , ma douleur devint plus tranquille; je racontai alors à mon ami l'entretien que j'avais eu avec Séraphine , et l'acte que j'avais signé. Ce ne fut pas sans une surprise extrême que Monclar apprit quels étaient mes arrangemens d'intérêts.

Il avait toujours ignoré que la communauté de biens n'existait pas entre madame de Rozainville et moi ; il me reprocha vivement l'inconséquence de ma conduite et les suites funestes de mon excessive délicatesse. Je ne comprenais rien à ces discours, qui ne portaient que sur mes intérêts négligés. Hélas! quelle faible considération que celle de la fortune

pour l'homme sensible tourmenté
d'une passion violente, et séparé
de l'objet de sa tendresse, du seul
être qui pouvait faire son bonheur.
Je reçus fort mal les avis de Monclar ; nous eûmes une discussion
assez forte, qui faillit amener une
affaire ; mais elle ne produisit
d'autre effet que celui de faire
naître un peu de refroidissement
entre nous. Monclar devint moins
assidu ; je n'attribuai pas alors à
son véritable motif la cause de sa
retraite ; ma fortune apparente
était l'idole qu'il encensait. Il jus-
tifiait l'opinion d'Helvétius dans
son chapitre sur l'amitié ; mais
j'aurais cru l'outrager en le sup-
posant alors susceptible d'agir par
un motif si vil. Il partit bientôt
pour se rendre à Coblentz ; nous

fumes long-tems séparés, et je
dois accuser la fatalité de mon
sort, du malheur de l'avoir re-
trouvé par la suite. Je fus sensible
à son indifférence; il semblait
que tous les sentimens en se dé-
pouillant de leur illusion, vou-
lûssent contribuer à rendre ma
position plus cruelle.

Mon premier soin, après mon
rétablissement, fut d'abandonner
l'hôtel, et de prendre un petit
appartement convenable à ma
fortune présente. J'écrivis à Madame de Rozainville pour l'en
prévenir, et la remercier du soin
qu'elle avait pris d'assurer mon
existence; il m'en coûtait d'accepter ses secours; mais n'ayant
aucune ressource, je fus obligé
de faire plier mon amour-propre

sous l'impérieuse nécessité. Le point le plus important de ma lettre était la demande de voir mon fils, il me paraissait aussi cruel que ridicule de me cacher le lieu de sa retraite.

Séraphine ne me fit point de réponse : son homme d'affaire passa chez moi, et m'annonça qu'elle était partie, avec son fils, pour sa terre de ***. Il termina les arangemens convenus entre elle et moi. Je fus extrêmement sensible au chagrin de ne pas voir mon fils ; je trouvais la vengeance, de madame de Rozainville, indigne d'une âme délicate.

Je passai plusieurs mois dans une inertie complette, le chagrin absorbait tout mon être, mes jours étaient consacrés à l'ennui, la so-

ciété ne m'offrait que peu de ressources ; elle se ressentait de l'agitation politique, les esprits étaient
aigris par les différentes opinion
qui étaient soutenues avec la même chaleur et la même frénésie, il
était dangereux de se livrer à ces
discussions, et affligeant de réfléchir aux suites que pouvaient
avoir les évènemens qui en présa-
geaient de plus funestes. Les
spectacles étaient souvent troublés
aussi par l'esprit de parti ; enfin
tout concourait à augmenter la
mélancolie de mon cœur. La société des femmes n'avait plus d'at-
traits pour moi ; je cherchais vainement à recouvrer le calme et la
tranquillité. J'étais tombé du faîte
du bonheur, au comble de l'infortune ; j'avais été moi-même

l'artisan de ma perte , les réflexions
qui nous rappellent nos fautes et
excitent nos remords , sont la plus
sévère punition que puissent
éprouver l'homme faible , qui fut
égaré et qui n'est pas entièrement
perverti.

J'espérais trouver des consola-
teurs au sein de ma famille : je me
rendis chez mon père ; il y avait
long-tems que je n'avais reçu de
ses nouvelles, il était fort irrité
contre moi , il me fit des reproches
sur ma conduite ; je ne trouvai en
lui qu'un juge sévère , lorsque je
cherchais un ami compatissant à
mes peines. Ma mère , qui ne pen-
sait et n'agissait que d'après les
idées de son époux, joignait encore à ses remontrances la séche-
resse d'un esprit exalté par une

dévotion fanatique, qui ne pouvait
donner à ses exhortations cette
touchante persuasion qui rend la
vertu aimable et sa pratique douce et facile.

J'appris que mon frère s'était
rendu à Coblentz; mon père parut surpris que je n'y fusse pas
encore, mes idées, sur l'émigra-
tion étaient tout-à-fait contraires
aux siennes ; mais il me raconta,
avec un enthousiasme si imposant,
les prétendus avantages qu'il y
avait pour mon pays, d'employer
tous les moyens possibles d'em-
pêcher qu'il ne tombât dans la
servitude ou l'anarchie, qu'il me
persuada bientôt. Ainsi que tant
d'autres, qui furent victimes de
leur parfait dévouement, le motif
qui me détermina, était louable

dans son principe, mais faux par le résultat.

Je revins à Paris. Avant de me disposer à partir, je voulus informer Séraphine de mon projet, je lui écrivis : le stile de ma lettre était celui d'un ami, qui ne pouvait oublier les nœuds qui l'unissaient ; je lui témoignai le désir de connaître ses intentions et de voir mon fils ; j'envoyai un exprès, il ne me rapporta qu'une réponse verbale. Madame de Rozainville me faisait dire que, maître de mes actions, ses conseils ne m'étaient pas nécessaires, que mon fils était bien portant et que je pouvais être sans inquiétude à son sujet.

Chaque preuve d'indifférence et même de cruauté que je recevais de Séraphine, excitait ma sen-

sibilité et renouvellait mes chagrins ; je sentais qu'elle ne méritait pas l'intérêt que je lui conservais : il ne me restait plus d'espoir, cette certitude aurait dû me
rendre à la raison ; mais l'amour
vrai ; la première et la seule véritable passion que j'avais éprouvé,
ne devait jamais se détruire, c'était
par des regrets continuels ; par le
souvenir douloureux du bien que
j'avais perdu, que je devais expier
mes torts. La froide insouciance
de Séraphine me décida : il ne me
restait aucun lien à rompre ; point
de pleurs à verser ; j'étais étranger
dans ma patrie ; je partis sans
d'autres chagrins que celui d'abandonner mon pays.

Le hazard m'avait souvent fait
rencontrer le comte de Villedoré,

ancien colonel d'un régiment d'infanterie, je m'étais lié avec lui depuis le départ de Monclar; mon cœur avait besoin d'être occupé: le comte, plus âgé que moi de plusieurs années, possédait toutes les qualités qui peuvent faire naître l'amitié; il était extrêmement aimable: veuf, depuis peu de tems, d'une épouse qu'il chérissait avec la plus vive tendresse, il succombait, comme moi, sous le poids de la douleur.

Cette conformité de position aida à nous lier plus intimement; j'appris qu'ils se disposait à se rendre à Coblentz. Je lui fis part de mon projet, et nous fîmes le voyage ensemble; je n'eus qu'à m'applaudir de l'avoir connu plus particulièrement, et sa mort, qui

eut lieu peu de tems après notre
arrivée à Coblentz, fut pour moi
une perte réelle. Sa sagesse,
sa raison, ses principes justes
et délicats, auraient rappel-
lés les miens; sa morale était touchante, j'y retrouvais l'expression
d'un sentiment pur, émané de la
franche estime : mon cœur adoptait ses conseils, j'éprouvais une
douce satisfaction à l'entendre ; je
goûtais, dans sa société, un charme que je n'avais pas connu pendant mon intimité avec Monclar.

Le comte de Villedoré me
voyait accablé par une tristesse
profonde, il cherchait à la calmer
sans en connaître la cause : sa réserve, le tendre intérêt qu'il prenait à moi, m'inspirèrent bientôt
la confiance de le rendre déposi-
taire de tous mes secrets.

J'avais

J'avais à rougir des aveux de ma conduite ; je devais craindre de perdre l'estime de mon ami ; mais je comptais sur son indulgence, je voulais épancher des peines, qui, trop long-tems renfermées, retombaient douloureusement sur mon cœur ; je cherchais aussi l'occasion de parler de Séraphine : c'était un besoin des sentimens que j'éprouvais pour elle. Hélas ! malgré ses torts, malgré son abandon ; je la voyais toujours tendre sensible et aimante, comme dans les premiers tems de notre union.

Je fis donc à monsieur de Villedoré, le récit de toutes mes aventures ; je ne cherchai point à m'excuser, et à exciter son intérêt ; mais je lui fis part de mes combats, de mon aveugle con-

Tome II. K

fiance pour Monclar, de l'influence qu'il avait sur ma conduite;
monsieur de Villedoré fut touché
de mes malheurs, il me plaignit
avec bonté, en me remontrant sé-
vèrement mes torts et ma facilité
à recevoir les impressions qui m'a-
vaient été suggérées par Monclar,
cet ami dangereux. Il me fit voir
que l'amitié vraie, est inséparable
des mœurs; que ceux qui paraissent en afficher l'oubli, n'ont que
des plaisirs faux et trompeurs,
des jouissances empoisonnées et
des remords éternels. Ses sages
remontrances électrisaient mon
âme; il ranimait mon courage, en
m'offrant, pour l'avenir, une perspective moins affreuse.

« Le tems, me disait-il; pour-
ra changer les dispositions de vo-

tre épouse; si elle vous retrouve digne d'elle, croyez-vous qu'elle ne sentira pas alors la force des nœuds qui vous unissent? Vôtre fils grandira; les douceurs de l'amour maternel, rappelleront les devoirs de l'amour conjugal et un heureux retour vous rendra au bonheur; le découragement détruit les moyens; il faut savoir souffrir avec résignation les suites de ses erreurs, et se tenir en garde contre de nouvelles folies. On a souvent peine à ne pas céder à des idées fausses, et il n'appartient pas à tout homme de résister à l'impulsion secrette qui nous porte à détruire, par un soin inutile, notre félicité.

Moi-même, mon cher Rozainville; je ne fus pas exempt de

faiblesse: comme vous, je voulus
éprouver ma digne compagne,
ma tendre Amélie; mais d'une
manière différente: le succès cour-
ronna mes entreprises, pourtant
cette épreuve pouvait aussi détruire mon repos, celui d'Amélie
et m'apprêter des regrets éternels.
Je vais vous raconter, à mon tour,
par quel stratagème je voulus
m'assurer le cœur de mon épouse.

Histoire du Comte de Villedoré.

PLACÉ fort jeune dans le service
de la marine royale, j'étais à 28
ans capitaine de vaisseau; l'escadre delaquelle mon bâtiment faisait
partie, ayant remporté plusieurs
victoires pendant la guerre que
nous eûmes avec l'Angleterre,

depuis 1778, jusqu'en 1782, j'eus
le bonheur de signaler mon courage, et d'en recevoir la douce
récompense.

Dans les différens séjours que
je fis au port de Brest, j'eus occasion de connaître une capitaine
de navire marchand, nommé
Delbin, habitant de St.-Servan,
fauxbourg de la ville de St.-Malo.
Cet homme estimable conçut
pour moi une amitié sincère,
et m'en donna une preuve écla-
tante dans une circonstance où
mes jours furent menacés; j'aurais infailliblement péri, sans son
secours. Je me rendais, par un
très-mauvais tems, du port de
Brest à mon vaisseau, qui était
un peu loin en rade; j'étais dans
un petit canot, le vent s'éleva

K 3

tout-à-coup; le canot fut englouti
près du navire de monsieur Delbin; il m'avait reconnu, son attachement pour moi l'emporta,
dans ce moment, sur tout autre
considération; il fit mettre aussi-
tôt une chaloupe dehors; il na-
geait très-bien, il se jetta à la
mer, plongeant jusqu'à trois fois;
il sauva d'abord un de mes mate-
lots et me retira enfin. J'avais déjà
resté long-tems sous l'eau, ce ne
fut qu'avec peine qu'on parvint à
me rendre à la vie; vous jugez
qu'elle dut être ma vive gratitude
pour monsieur Delbin; elle était
encore augmentée par la connoissance que j'avais de sa position:
cet homme estimable, était le
chef et l'appui d'une nombreuse
famille, qui n'existait que par le

fruit des voyages avantageux qu'il faisait dans les Indes. Il était aussi d'extraction noble; mais sans biens, il avait été obligé de se mettre dans le commerce; la fortune favorisait ses entreprises. Il armait des bâtimens à son compte; il était, en même-tems, capitaine et armateur.

J'étais maître de mon sort; j'avais perdu mon père et ma mère dès mon enfance, je possédais un revenu assez considérable pour un cadet; mon frère aîné était fort riche, attaqué d'une maladie de poitrine qui faisait présumer qu'il y succomberait; j'avais l'espoir de me trouver un jour unique possesseur de la fortune de nos pères. Ne sachant comment reconnaître le service signalé que mon-

sieur Delbin m'avait rendu; je
formai le projet d'épouser une de
ses filles : il me parlait souvent
de ses enfans, mais surtout d'A-
mélie, avec une certaine prédilection; il vantait ses charmes,
les heureuses qualités qui formaient son caractère; il avait son
portrait qui représentait vraiment
une personne charmante; je lui
témoignai le desir de resserrer
notre intimité en m'unissant à sa
famille, il reçut cette proposition
avec joie; mais il eut néanmoins
la délicate attention de me re-
montrer que pouvant faire une
alliance plus avantageuse, l'intérêt qu'il prenait à moi, devait
le porter à me détourner de ce
projet; je l'eus bientôt persuadé;
il connaissait mes principes, et

savait que mon intention n'avait
jamais été de sacrifier ma liberté
aux froids calculs de la richesse ;
je desirais faire le bonheur de la
compagne que je choisirais, je
voulais m'assurer son estime et
sa reconnaissance ; sentimens plus
solides et plus nécessaires suivant
moi, pour procurer le bonheur
des époux, que celui d'un amour
qui souvent se détruit par l'habitude. Je pensais ainsi, lorsque
mon cœur tranquille n'avait point
encore ressenti les effets des passions. J'engageai donc mon ami
à consulter sa fille, et à s'assurer
sur-tout si son cœur était libre.
Monsieur Delbin me quitta bientôt pour revenir dans sa famille ;
nous nous écrivions souvent, il
me donna l'assurance d'un bonheur

prochain ; Amélie consentait à
unir son sort au mien : je présu-
mai que la prévention de monsieur
Delbin avait sans doute servi à
favoriser les heureuses dispositions de sa fille. Comme la guerre
n'était pas encore terminée , je
fus obligé de différer long-tems
mon hymen. Dans cet intervalle ,
notre escadre éprouva un nouveau
combat, mon vaisseau était un
de ceux qui fut le plus maltraité ,
on en vint à l'abordage, on se
défendit corps à corps ; le vaisseau ennemi était supérieur au
notre ; et la quantité d'hommes
plus considérable ; mais nôtre
courage nous rendit vainqueurs ;
plusieurs de mes camarades furent
tués à mes côtés, je fus moi-même
grièvement blessé à la figure par

un coup de sabre ; un boulet de
canon, lancé à notre bord, fit sau-
ter une lourde pièce de bois, qui,
retombant sur moi, me cassa une
jambe. Je fus long-tems en danger;
mais je me rétablis enfin. La paix
fut signée à cette époque entre la
France et l'Angleterre. Je fis part
à monsieur Delbin du changement
qui s'était opéré dans ma figure,
et de la crainte que la perte des
faibles avantages que je possédais,
ne nuisît au projet que nous avions
formé. Monsieur Delbin me ras-
sura pleinement, et me témoigna
un si vif desir de contracter notre
union, que je ne pus me refuser
de me rendre à ses vœux ; j'avoue
que mon imagination exaltée par
tout ce que monsieur Delbin
m'avait dit de sa fille, et par la

vue de son portrait qu'il m'avait laissé, me rendait aussi très-impatient de connaître ma future épouse. J'annonçai donc mon arrivée prochaine à monsieur Delbin. Je reçus au même instant l'ordre de la cour de me rendre très-prochainement à Versailles; j'informai mon ami de cet incident, en le priant de tout préparer pour mon mariage, ne pouvant passer qu'une semaine à Saint-Servan.

J'arrive chez M. Delbin; je suis reçu avec les égards d'une amitié précieuse et chère; la famille de mon ami était on ne peut pas plus intéressante: madame Delbin était une femme d'un grand mérite; l'éducation qu'elle avait donnée à tous ses enfans, lui méritait l'estime

lime et l'admiration. Amélie était
la seconde de ses filles , et la plus
jolie. Elle avait quinze ans ; elle
joignait aux traits les plus réguliers , un air de douceur qui lui
donnait la candeur enchanteresse
d'une jeune vestale.

Il ne me fallut qu'un seul
coup-d'œil pour me rendre l'ado-
rateur de ses charmes , et faire
passer dans mon âme un sentiment
délicieux. Je redoutais d'inspirer
de la répugnance à Amélie ; je
me reprochais de m'être offert à
sa vue avant d'avoir laissé disparaître les traces de mes blessures.
Le coup que j'avais reçu à la figure , avait atteint l'œil droit :
j'étais obligé de le couvrir encore
d'un ruban pour le garantir de
l'air; il me restait une faiblesse

Tome *II.* L

dans la jambe qui me faisait boiter
malgré moi ; j'étais d'une pâleur
excessive, et d'une maigreur qui
avait défiguré tous mes traits.
Jamais je n'avais desiré si vivement de paraître avec avantage ;
et je ne me dissimulais pas qu'il
s'en fallait de beaucoup que je
puisse plaire à une jeune beauté.
Je m'appliquais vainement à dé-
mêler qu'elle impression j'avais
fait sur le cœur d'Amélie : sa timidité, sa modeste réserve, m'em-
pêchaient de rien appercevoir :
il fut bientôt question de notre
hymen ; je reçus de la bouche
d'Amélie la certitude de mon bonheur ; cet aveu ne me parut point
être l'effet d'une pénible soumission ; d'ailleurs, adorant déjà ma
belle Amélie, mon cœur se livrait au prestige de l'enchantement.

Les apprêts furent bientôt faits;
le contrat signé, et le jour pris
pour la célébration de mon mariage : j'employais la galanterie
et les ressources de l'esprit pour
faire oublier les disgrâces de ma
personne; j'avais eu soin d'offrir
à profusion les cadeaux et les bi-
joux , sachant que pour une jeune
personne, les parures brillantes
ont un grand prix. Amélie rece-
vait mes soins avec reconnaissance;
mais je lui trouvais un air triste
et indifférent: J'osai confier à son
père mes inquiétudes ; il les dissi-
pa en me disant que l'excessive
timidité de sa fille, lui donnait
cette apparence de froideur qui
m'allarmait, qu'elle était d'un caractère sérieux qui lui faisait considérer avec effroi les liens qu'elle al-

lait former; qu'il m'assurait d'ailleurs que son cœur entièrement libre, serait bientôt soumis à mon empire. Il n'en fallut pas davantage
pour me rendre toute ma sérénité.
Amélie joignait aux charmes de
la figure, l'avantage de posséder
des talens; elle avait une voix
superbe, flexible et touchante.

Il était impossible d'être plus
heureux que je ne l'étais; mais
hélas! mon bonheur fut de peu
de durée : la tristesse d'Amélie
augmenta; le jour de notre hymen, elle avait plutôt l'air d'une
victime parée pour le sacrifice,
que d'une épouse satisfaite des
nœuds qu'elle venait de former.
On avait encore l'habitude de
chanter à la suite du dîner: Amélie
se rendit aux vœux de son père

qui lui demanda cette arriette de Lucile : *Qu'il est doux de dire en aimant, etc.* Ce morceau, si analogue à notre position, et qui aurait pu être chanté avec expression, fut plutôt récité avec peine par Amélie; son émotion était extrême; sa voix était tremblante, des larmes roulaient dans ses paupières malgré les efforts qu'elle faisait pour les retenir. On attribua ce trouble à la timidité; on chercha à détourner mon attention; mais le coup était porté, et j'eus besoin de m'observer avec soin pour cacher ma profonde douleur. On fit sans doute un crime à Amélie de sa tristesse; car après avoir parlé à son père, elle reparut avec un air plus gai, elle me dit des choses obligeantes,

j'y répondis de manière à l'intéresser ; et la douce espérance, re-
venant bientôt rasséréner mon
cœur, fit renaître l'illusion.

Le lendemain de mon mariage,
enivré de mon bonheur, je m'y
livrais entièrement, lorsque le hazard me fit connaître les plus
secrettes pensées d'Amélie. Elle
se promenait avec sa mère dans
une allée couverte près de laquelle
était une espèce de petit mur qui
divisait le jardin de ce côté ; j'étais
assis sur un banc de gazon de
manière à ne pouvoir être apperçu;
je reconnais la douce voix de mon
intéressante épouse; une curiosité
bien excusable me porte à écouter:
j'entends d'abord madame Delbin
lui faire mon éloge, vanter les
qualités de mon cœur; Amélie

lui répondit : Hélas! plus vous
lui rendez justice, madame, et
plus vous ajoutez à mes regrets.
Le chevalier méritait sans doute
un meilleur sort ; il en est digne,
je le sais. Si l'amitié, l'estime et
l'admiration pouvaient payer l'a-
mour, vous ne me verriez pas si
triste; mais d'après les entretiens
que j'ai eus avec le chevalier, je
sens trop qu'il sera malheureux,
s'il découvre qu'il n'a point fait
naître dans mon cœur cette inclination que je lui ai inspirée. Pourquoi mon père m'a-t-il ordonné
de tromper sa confiance, en gardant le secret sur mes véritables
sentimens ? je suis bien sûr qu'il
m'aurait su gré de cet aveu, et s'il
eût persisté dans sa résolution,
je me serais également soumise;

mais je n'aurais pas de reproches
à me faire. Faut-il hélas ! que
mon père ait sacrifié sa pauvre
Amélie à la fausse idée de vouloir
faire son bonheur.

Le sort le plus obscur, avec un
époux de mon choix, m'eût paru
préférable aux titres et à la fortune que je possède maintenant.
La crainte d'être ingrate envers
mon bienfaiteur, empoisonnera
mes jours et troublera, à jamais,
ma tranquillité.

— Les sanglots étouffèrent sa
voix ; les douces remontrances,
les tendres consolations de madame Delbin, calmèrent son imagination ; elle chercha à détruire,
par ses raisonnemens, cette exal-
tation.

Elle enseignait à sa fille, l'étendue

de ses devoirs, avec un zèle touchant; elle lui faisait un tableau séduisant du bonheur de deux époux
unis par l'estime et l'amitié; mais
malgré son éloquence persuasive,
elle ne détruisit pas les craintes
d'Amélie. Instruit par un hazard
si funeste, je ne pouvais que dé-
plorer mon malheur et chérir
davantage mon épouse; ce caractère de franchise qu'elle montrait,
lui méritait la plus tendre admiration. Pouvais-je, hélas! lui faire
un crime d'une indifférence qu'il
ne dépendait pas d'elle de détruire.

Je fus, néanmoins, sensiblement affligé d'avoir fait cette cruelle découverte; si j'avais eu des
inquiétudes, du doute, mon
amour pouvait se faire illussion;
mais la fatale certitude, que je

venais d'acquérir, devait me rendre malheureux à jamais; j'eus grand soin de cacher ma douleur et de renfermer mes chagrins; je ne songeais qu'à ceux d'Amélie; je la considérais comme une triste victime de l'ambition et du pouvoir paternel. J'en voulais à monsieur Delbin; mais en réfléchissant à son caractère et à son âge, il me fut aisé de sentir que cette nuance délicate de sentiment n'avait pu être sensible pour lui; sûr que le cœur de sa fille avait été, jusqu'alors, innaccessible à l'amour, et comptant sur sa raison et ses principes, il avait pensé qu'elle serait heureuse et qu'elle ferait mon bonheur.

Le peu de jours que j'avais à rester près d'Amélie, furent bien-

tôt écoulés ; je lui avais proposé
d'abord de la conduire à Paris,
elle ne s'y était pas opposée ; mais
elle m'avait témoigné la crainte de
se séparer de sa mère et de sa famille. D'après l'entretien que j'a-
vais entendu, je me gardai bien
de renouveller mes instances ; je
quittai Amélie avec une peine
extrême ; il m'en coûtait de me
séparer d'elle : mon amour était
si tendre, si désintéressé, que
l'idée qu'elle était malheureuse et
que mon absence allait calmer ses
chagrins, me rendit ce sacrifice
moins pénible.

Intéressante enfant ! me disais-
je, s'il ne dépend plus de moi de
te laisser cette liberté que tu re-
grette; je saurai au moins alléger
tellement tes chaînes, que tu ne
t'appercevras pas de l'esclavage.

Je me rendis à Paris : le Minis-
tre de la guerre, qui prenait à
moi le plus vif intérêt, voulait
m'accorder la récompense qu'il
prétendait m'être dûe ; il daigna
me consulter à ce sujet.

Je desirais quitter la marine : la
paix qui était ratifiée, me donnait
cette facilité ; j'étais protégé puis-
samment à la cour ; je fus nommé
colonel d'un régiment d'infanterie:
dans le même temps, j'eus le malheur de perdre mon frère aîné.
Je me faisais nommé le chevalier
de Marsé ; je devins, par la mort
de mon frère, comte de Villedoré:
les faveurs dont la fortune me
comblait, flattaient peu mon
cœur et mon ambition ; j'aurais
échangé tous ces avantages pour le
bonheur d'être aimé d'Amélie.
Je

Je lui écrivais exactement, notre correspondance était inté-ressante; quand Amélie peignait l'amitié, la reconnoissance, elle se livrait à l'effusion du sentiment; mais si elle voulait exprimer la tendresse et l'amour, son stile n'était plus qu'un amas de phrases arrangées avec méthode, et qui déguisaient mal son indifférence; je souffrais des tourmens impossi-bles à décrire; j'adorais Amélie; je la plaignais, j'oubliais mes pei-nes pour ne m'occuper que des siennes. Mon beau-père était parti pour un voyage à l'Ile de France; j'étais en correspondance avec madame Delbin, je découvrais de plus en plus, combien l'esprit de cette dame était profond et éclai-ré; j'osai lui confier mes chagrins,

Tome II. M

et lui avouer la connoissance que
le hazard m'avait donné, des véritables sentimens de mon épouse;
je l'engageais d'avoir pour elle les
tendres soins que sa position exi-
geait; je la priais de m'aider à répa-
rer mes torts, et de faire cesser cette
indifférence, qui faisait mon tour-
ment. Je m'occupais de ma santé;
j'avais consulté les plus habiles
médecins. Un oculiste fameux me
promettait, en éprouvant une
opération délicate et douloureuse,
de faire disparaître la difformité
que la blessure avait fait à mon
œil. On espérait aussi qu'en prenant les bains de Barrege, la faiblesse que j'avais, dans la jambe,
n'aurait pas de suite. J'avais donc
l'espoir de voir s'opérer en moi,
un changement heureux, ce qui

serait, peut-être, d'un grand avantage auprès d'Amélie.

Je fis aussi part à ma belle-mère, de la mort de mon frère, du titre qu'elle me donnait et du nouveau grade que j'avais obtenu, en la priant de laisser ignorer toutes ces circonstances à Amélie et de confirmer la nouvelle, que je lui annonçais, d'un voyage que je disais être obligé de faire au Bengale et qui devait être au moins de deux ans. Je voulais, par cette innocente ruse, rétablir la sérénité dans son âme; je savais qu'à cet âge, deux ans sont un laps de tems dont on ne crois jamais voir arriver le terme; j'eus le bonheur de si bien persuader à madame Delbin, que je ne cherchais qu'à assurer celui de sa fille, qu'elle

M2

daigna m'accorder toute la confiance qui m'était nécessaire pour
parvenir à mon but; en effet,
elle ne me cachait plus ce qu'il
m'importait tant de connaître;
c'était les dispositions d'Amélie,
et l'état de son cœur. Le projet de
mon voyage fit l'effet que j'avais
présumé. Si Amélie ne recouvra
pas entièrement la gaieté, elle devint plus tranquille et ne conserva
qu'une douce mélancolie.

Occupée des soins de son éducation qu'elle avait toujours con-
tinuée, elle se livra entièrement
à la perfectionner; les arts et l'é-
tude occupaient la plus grande
partie de son tems. La lecture de
nos meilleurs romans avait aussi
beaucoup de charme pour elle;
sa sensibilité paraissait s'accroître

journellement; bonne et généreuse, la plus grande partie de
la forte pension que je lui faisais,
était employée à des actes de bienfaisance qui la rendaient encore
plus estimable. Je recevais tous
ces détails de monsieur Delbin
qui m'engageait toujours à revenir
près d'Amélie; mais je ne pouvais
m'y décider. J'avais été à Barrège;
les eaux et les bains avaient entièrement dissipé les douleurs que
je ressentais à la jambe. J'avais
prodigieusement engraissé, et
ma santé était tout-à-fait rétablie.

Mon régiment fut envoyé en garnison à Rennes en Bretagne, ville
distante de seize lieues de celle de
Saint-Malo. J'avoue qu'il m'en
coûtait beaucoup de me trouver
si près de mon épouse, et de

m'imposer moi-même la cruelle
privation d'être séparé d'elle.
J'étais à l'instant de céder au desir
de la voir, lorsque madame Delbin me manda que mon Amélie
sans être précisément malade,
était tombée dans un état de langueur qui l'ayant allarmée, l'avait
décidée à consulter les médecins,
qui n'avaient recommandé d'autre
remède que de faire prendre les
eaux minérales à la malade, et
de lui procurer beaucoup de distraction et d'amusement. En con-
séquence, madame Delbin m'annonçait qu'elle allait avec Amélie
chaque matin, à la fontaine mi-
nérale, où se rassemblaient
nombre de personnes légèrement
indisposées, et beaucoup d'autres
qui, jouissant de la meilleure

santé, voulaient partager le plaisir de cette réunion. On dansait,
on se livrait à mille jeux folâtres,
aussi efficaces sans doute pour la
santé, que la boisson que l'on
prenait. Elle me mandait que les
officiers du régiment en garnison
à Saint-Servan se dédommageaient
à ses fêtes champêtres, du chagrin
de ne pas être reçus dans la société. En effet, l'usage à Saint-
Malo et à Saint-Servan était de
ne point recevoir la garnison; ce
n'était que par exception, ou par
quelques raisons particulières que
les officiers étaient admis. Ils ont
grand soin, me disait madame
Delbin, de se trouver exactement à la fontaine; ils ont des
attentions, des égards très-recher-
chés pour toutes les femmes, afin

de se venger sans doute, en exci-
tant leurs regrets, de l'injustice
qu'ils prétendent qu'on leur fait
de ne pas les recevoir.

Je sentis pour la première fois
la jalousie éclore dans mon sein;
le danger qu'Amélie courait me
parut extrême, en se trouvant
journellement avec des hommes
aimables et plus séduisans que
des marins ou des négocians qui,
tout occupés d'opérations mer-
cantilles, ne peuvent donner que
peu de tems à la société. N'était-il
pas probable que son cœur, entièrement libre jusqu'alors, ne
trouva bientôt un vainqueur?
Cette mélancolie, cette tristesse
décélait le besoin d'aimer; il ne
fallait qu'un instant pour déranger
tous mes projets, et faire le mal-

heur d'Amélie ; je comptais bien sur sa raison, sur son entière soumission à ses devoirs; mais ne savais-je pas hélas! qu'il est en nous un penchant irrésistible qui nous porte à la tendresse. Si l'amour est sans espoir, il ne peut exister , dit-on. Hélas ! avant d'être éclairé sur son véritable état, on a déjà cédé à cet attrait séducteur qui vous entraîne vers l'objet de votre affection, et la raison impuissante ne vous avertit du péril, que quand vous n'avez plus la force de l'éviter, ou lorsque les efforts courageux qu'il faut faire, sont aux dépens de votre tranquillité ; souvent vous achetez cette courageuse résistance par le repos de toute votre vie. Ces réflexions portèrent le

trouble et la crainte dans mon
âme; j'étais agité par mille sensations diverses; il me vint l'idée
la plus bisarre et la plus hardie,
ce fut celle de devenir mon propre
rival, et voici comment: j'étais
marié depuis deux ans, j'avais
toujours été absent, je n'avais
passé que huit jours auprès d'A-
mélie, et dans le tems où ma
maigreur et mes blessures me
rendaient méconnaissable, il
était impossible à qui ne m'avait
vu que pendant ce tems, de me
reconnaître; ainsi, nouveau comte
de Walsteim (*a*), je pouvais
tout espérer de ma métamorphose,
si la prévention d'Amélie ne dé-

(*a*) Voyez Caroline de Lichetefield,
roman traduit de l'Allemand.

truisait son heureux effet. Accou-
tumée à ne m'accorder que de
l'amitié, et effrayée des nœuds
qui nous unissaient, l'idée de l'é-
poux eût éloigné pour jamais
celle de l'amour; c'est ce que je
voulais éviter.

Je me rendis à St.-Servan; je
fais prier Madame Delbin de
m'indiquer le moyen de la voir
secrettement, où de se donner la
peine de venir chez moi; ma belle-
mère se rend à mes vœux; je jouis
de la surprise que lui cause le
changement de ma personne, elle
s'adressait à moi, pour me deman-
der le chevalier de Villedoré; en-
chanté de sa méprise, je l'instruisis
de mon projet: c'est sur cet heureuse erreur que je fonde ma
félicité, lui dis-je; je suis
étranger ici, l'absence de mon

sieur Delbin me favorise; je veux
me trouver aux eaux avec Amélie,
lui adresser des hommages, tout
tenter pour lui inspirer un tendre
intérêt, et réaliser la chimère qui
peut seule la rendre heureuse;
celle d'avoir un époux de son
choix. Madame Delbin n'approu-
ve pas d'abord ma résolution, elle
veut la combattre et m'en faire
sentir le danger; mais j'employe, avec tant d'instance les
prières et l'éloquente persuasion
que donne l'amour, qu'elle con-
sentit enfin à me garder le secret;
elle desirait si vivement elle-même le bonheur d'Amélie, qu'elle
me savait gré des soins que je pre-
nais pour l'assurer. Tout ainsi
concerté avec madame Delbin,
nous nous séparons; je fus faire

visite

visites à quelques-uns des officiers du régiment; aucun ne me connaissait sous le nom de Marsé. Je suis invité à souper avec plusieurs de ces messieurs: on me parle bientôt des plaisirs que procure la réunion qui se fait aux eaux minérales, et l'on m'annonce que c'est là, seulement, où je pourrai voir les femmes de la société. Il est arrêté que l'on m'y conduira dès le lendemain; je ne chercherai point à vous dépeindre l'impatience et la crainte que j'éprouvais; je devais désirer et redouter cette entrevue : mille sensations différentes se faisaient sentir dans mon cœur, et l'agitaient tour-à-tour.

J'adorais Amélie, je ne pouvois me dissimuler que si je ne réussissais pas à lui plaire, c'en était

Tome II.   N

fait, ma tranquillité était détruite pour jamais; pourtant un doux espoir calmait ensuite mes allarmes : je pouvais vaincre la prévention d'Amélie; elle n'existait positivement que dans le sacrifice qu'elle avait été obligée de faire, en accordant sa main à un inconnu; car je lui rendais trop de justice pour croire que quelques désavantages extérieurs eussent seuls causés sa répugnance, surtout, quand nos cœurs, animés par les sentimens, s'entendaient si bien.

Toutes ces réflexions m'occupèrent assez pour m'ôter le sommeil; nous étions dans le mois de juin : les nuits très - courtes alors semblent vouloir faire place au jour, pour nous laisser jouir

plus long-tems des charmes que
cette saison délicieuse procure.
On se rendait de grand matin
aux eaux, afin d'éviter la chaleur.
On imagine que mon impatience
me rendit diligent ; nous étions
arrivés des premiers, j'avais dou-
blé les tourmens de l'attente : par
cet empressement, je comptais
les minutes ; chaque instant re-
doublait mes craintes et excitait
mes desirs. Amélie parut enfin
avec sa mère ; Dieu ! qu'elle était
belle ! ses traits étaient formés,
étaient devenus plus réguliers
encore ; un air de langueur la
rendait plus séduisante, la douce
expression de sa belle âme se peignait sur son intéressante figure,
et augmentait ses charmes. Que
d'efforts il me fallut faire pour ne

pas voler à sa rencontre, et la
presser contre mon cœur! mais
je devais me dérober à ce plaisir
pour parvenir à mon but. J'observais Amélie avec soin; son
premier regard devait guider ma
conduite; et telle était mon étourderie, que je n'avais point préparé
de raison pour excuser ma présence, si j'étais reconnu; je
n'en avais pas eu la pensée: heureusement qu'Amélie ne se doutait pas même de m'avoir vu;
elle ne me témoigna point de surprise, et ne parut pas faire attention à moi. On se joignit bientôt
aux dames; il regnait là, ainsi que
dans tous les endroits où on se
réunit pour prendre les eaux,
une espece de liberté qui donne
aux étrangers la facilité de lier

connaissance: je m'approchai d'A-
mélie ; je lui adressai un de ces
discours vagues qui commencent
l'entretien ; elle y répond sans
peine ; déjà le bal se formait, je
lui offre la main pour une contredanse, elle l'accepte ; j'étais
dans un enchantement difficile à
décrire, j'admirais les grâces de
ma charmante épouse ; j'aurais
voulu dès-lors lui révéler mon secret; mais plus je goûte de plaisir,
et plus il m'importe de les tenir
de l'amour même. Cette idée
rappelle ma raison, et m'impose
la retenue nécessaire. Je fais tous
mes efforts pour paraître avec
avantage. Après la contredanse,
je reconduis Amélie auprès de sa
mère, je me promène avec elles,
je les entretiens l'une et l'autre ;

N 3

je peux remarquer encore l'esprit d'Amélie : on vient la prier pour une autre contredanse, je reste près de madame Delbin, je lui parle de mon amour, de ma tendresse pour Amélie, et de la séduisante espérance qui s'empare de mon âme. Cette digne femme rend justice au motif qui m'a inspiré ; mais elle parait toujours inquiette ; je la rassure, et la conjure de ne pas s'opposer à ma félicité. Amélie revient, nous continuons notre conversation, je cherche à donner de l'intérêt ; l'heure de se séparer arrive. Cette première journée se passa à-peu-près comme je l'avais desiré, et augmenta mon espérance. J'avais remarqué avec une satisfaction bien vive, que mon Amélie pa-

raissait avoir conservé son heureuse indifférence. L'essaim d'a-
dorateurs qui s'empressait au-
tour d'elle, n'obtenait que cette
attention que permet la bienséance
et qui ne tient aucunement à la
coquetterie. Je parle de madame
Marsé à tous mes camarades ;
j'entends louer ses charmes, et
vanter sa sagesse. Quelle plus
douce certitude puis-je acquérir
de sa vertu, que l'hommage que
lui rendent de jeunes militaires
toujours disposés à juger les
femmes avec une prévention qui
les rend si souvent sévères et in-
justes ? Je ne leur dissimule pas
l'impression qu'elle a faite sur
mon cœur ; ils me conseillent
d'adresser mes soins à des beautés
plus faciles. Je passais des jours

entiers à méditer mon bonheur ;
et à compter les heures pénibles
qui devaient s'écouler avant d'a-
mener celle qui me réunissait à
ma chère Amélie.

Je me trouvais exactement à la
fontaine, chaque matin ; j'avais
des égards et des prévenances
pour madame Delbin, qui me
procuraient la facilité d'entretenir
mon épouse ; une douce confiance
s'établit bientôt : Amélie appre-
nant que j'étais bréton, me demande si je connais le chevalier
de Marsé. A la réponse négative,
elle me dit que je lui ressemble
un peu, qu'il y a sur-tout dans
dans ma voix la même inflexion
que dans la sienne, et que ces
rapports l'ont frappés à ma vue.

Mon époux possède, comme

vous, cet esprit aimable que vous
montrez ; mais les blessures
qu'il a reçu, ont totalement changé sa figure, et vous donnent
l'avantage.

— Ah! cet avantage est bien
faible, madame.

— Sans doute, reprend Amélie,
en rougissant, je n'en fais l'obser-
vation que parce que vous seriez
peu flatté de la ressemblance, si
vous connoissiez le chevalier.

— Ah! madame, qu'il est heureux, et que l'on consentirait facilement à jouir de son bonheur
aux mêmes conditions, puisque
sa laideur ne l'a point empêché
de vous plaire!

— Je n'ai pas dit qu'il fut laid,
répond Amélie, avec embarras;
elle cherche à détourner l'entre-

tient; j'avais trop d'intérêt, à le
continuer. Pour seconder son intention, je lui fais plusieurs ques-
tions, elle y répond avec bonté;
madame Delbin fait mon éloge;
Amélie l'interrompt pour peindre
elle-même les qualités de mon
âme sous les couleurs les plus
séduisantes; elle exprime son amitié et même sa reconnaissance en
traits de feu; elle ne dédaigne
point de me raconter, avec confiance, les détails de notre mariage, les avantages que je lui ai fait
et l'obligation qu'elle me doit.
Je jouissais du doux charme d'entendre mon Amélie parler avec
cette vivacité et cet intérêt flatteur;
mais hélas! je ne pouvais me dissimuler que l'amour n'avait nulle
part à ce noble enthousiasme.

— Quelles raisons, assez puissantes, ont donc pu décider votre époux à s'éloigner de vous, madame?

— Les devoirs de sa place.

— Et ce pénible voyage sera-t-il de longue durée?

— Il y a bientôt deux ans que monsieur de Marsé est parti, me dit Amélie.

— Il est très-possible, reprend madame Delbin, que les premières nouvelles que nous recevrons du comte nous annoncent son arrivée.

Un soupir s'échape de la poitrine oppressé d'Amélie; elle tombe dans une profonde rêverie; la tristesse passe dans mon âme, je garde le silence, et madame Delbin se trouve seule chargée de soutenir la conversation.

Nous devions danser, Amélie
et moi; déjà l'on formait des con-
tredanses. La douce voix de mon
épouse me retire des réflexions
cruelles qui m'occupent, pour
m'avertir qu'on nous attend. Je
prends sa main, la mienne était
tremblante, j'avais peine à cacher
mon trouble ; j'étais si préocupé,
que je manquais les figures : Amélie m'en fait la guerre; il est peu
généreux à vous, lui dis-je, de
me reprocher une distraction qui
est votre ouvrage ; vous avez paru triste, madame, mille idées se
sont offertes à mon esprit, vous
méritez si bien d'être heureuse,
que la seule pensée que le sort
peut être injuste, envers vous,
m'occupait entièrement.

La contredanse était finie, je
conduisais

conduisais Amélie par une longue allée, pour prolonger cette conversation, si importante pour moi.

Et sur quoi, monsieur, avez-vous pu appuier ce faux soupçon, reprit Amélie? si je n'étais pas heureuse, je ne pourrais accuser que moi seule de mon malheur.

— Amélie; pardonnez un intérêt indiscret, mais votre mélancolie habituelle; le trouble que vous avez vainement cherché à cacher lorsque madame votre mère a parlé du retour de votre époux, me découvrent une fatale vérité; l'amitié, l'estime, vous attachent au chevalier de Marsé. Les sentimens ne suffisent pas toujours à la félicité d'une femme sensible: victime, peut-être, de

Tome II.   O

l'ambition de vos parens, vous n'avez pas été consultée sur le choix de votre époux ?

— Hélas! monsieur:.... Il est vrai; mais le chevalier de Marsé mérite les plus tendres sentimens, et je suis bien coupable de n'avoir point pour lui, ceux qu'il est en droit d'exiger de celle dont il a voulu faire le bonheur; des larmes roulaient dans les yeux d'Amélie; elle était agitée, une modeste rougeur colorait ses traits; elle parait revenir tout-à-coup de cette abandon.

— Quel aveu je vous ai fait! de grâce oubliez-le, monsieur: une force irrésistible a décidé ma confiance; prouvez-moi que vous la méritez, en ne me parlant jamais de ce moment d'oubli.

— Amélie, ne regrettez point votre confiance, croyez que j'en suis digne, promettez-moi de la continuer ; je veux être votre ami, ne me refusez pas ce titre précieux. Je prends sa main, je la presse contre mes lèvres : effrayée de cette innocente carresse, Amélie me témoigne par un regard où se peignait, en même-temps, la dignité, le reproche et pourtant l'intérêt, combien cette imprudence a droit de la surprendre.

Un long silence règne entre nous, et n'est interrompu que par l'arrivée de madame Delbin, qui nous observe attentivement. Amélie se plaint d'un violent mal de tête, et se retire plutôt qu'à l'ordinaire ; un sourire plein de bonté m'annonce qu'elle ne con-

serve aucun ressentiment de ce
qui s'est passé. Je reste seul ému,
attendri de cette conversation,
qui m'offre des sujets de douleur
et d'espoir, en même-temps. Amélie succombe au chagrin d'être
unie à celui à qui elle imagine ne
pouvoir jamais accorder d'amour,
et son cœur innocent s'abandonne
au charme de parler de ses peines,
à l'ami qui l'intéresse déjà, sans
s'en douter. Funeste erreur qui
naît de la confiance et de la solidité
de ses principes, que l'on croit
invariable! tu perds souvent ceux
qui se livrent avec trop de sécurité
à tes douceurs mensongères. Si un
autre que moi, eût employé auprès
de mon épouse les mêmes soins
suggérés par d'autres motifs, l'innocente Amélie, victime de cet

apparent intérêt, aurait conçu un penchant illégitimé qui eût fait le malheur de sa vie.

Il m'est impossible de vous exprimer, mon cher Rozainville, les tourmens que j'éprouvais dans une position si bisarre ; je sentais souvent que l'entreprise était au-dessus de mes forces : mes moindres triomphes me causaient des accès de jalousie que j'avais peine à réprimer : par une incohérence d'idées, suite inévitable de ce bisarre projet que j'avais formé, souvent je m'applaudissais et me désespérais au même instant. Heureusement que l'amour qui se faisait sentir impérieusement dans mon cœur, me rappellait que ce n'était que pour le bonheur d'Amélie que j'agissais : cette flatteuse

perspective ranimait mon courage.
Je passerai sur tous les détails mi-
nutieux qui me donnèrent la
preuve qu'Amélie m'accordait un
attachement véritable: nous avions
souvent des conversations inté-
ressantes ; c'était toujours en lui
parlant de son époux que j'acqué-
rais des droits à sa réconnaissance;
je savais cacher si adroitement mon
amour et partager ses peines ,
qu'Amélie ne se doutait pas encore
de l'empire que j'avais sur son
cœur , lorsque tout me le prouvait. Le moindre mot qui eût porté
atteinte à ses devoirs, eût troublé
sa tranquillité et l'eût éclairé ; il
fallait une politique bien adroite,
et jouer le rôle d'un seducteur
consommé, pour avoir l'avantage.
Amélie avait consenti à recevoir

mes lettres et à y répondre, parce
qu'elles ne peignaient que l'amitié
et les malheurs de sa position.
Qu'il eût fallu être scélérat et
cruel pour abuser de sa confiance!
J'avoue qu'elle n'aurait été pour
moi qu'une étrangère, que j'aurais respecté son erreur. J'obtins
enfin l'aveu que j'étais aimé ; c'est-
à-dire que mon Amélie, qui me
comparais sans cesse à son époux,
m'avouait, avec cette candeur touchante qui peint si bien l'innocence, qu'elle se trouverait heureuse si elle éprouvait pour lui
les mêmes sentimens. Je jugeai à
propos alors de faire parvenir à
Amélie, de concert avec madame
Delbin, une lettre qui lui annonçait mon prochain retour. Je n'a-
vais pas caché à ma belle-mère

l'impression que je croyais avoir
fait sur le cœur d'Amélie : mais
en ayant toujours grand soin de
ne lui faire aucune confidence
allarmante, je ne lui avais point
dit que je fusse en correspondance
avec elle. Madame Delbin me ca-
cha même le chagrin que causa
à mon Amélie, la nouvelle de mon
prochain retour : cette intéressante
femme m'en fit part elle-même
dans une longue lettre qu'elle m'é-
crivit. C'est alors qu'elle parut allarmée des sentimens qu'elle avait
pour moi ; sa douleur et ses regrets étaient dépeints avec tant
d'énergie et de vertu, qu'il me
fallait une force surnaturelle pour
ne pas céder au desir de lui déclarer mon secret ; mais il n'était
pas tems encore : je vous avoue,

Rozainville, que poussé par une jalouse curiosité, je ne pouvais plus me défendre du desir de pousser loin l'épreuve. Je répondis à la lettre d'Amélie, par la déclaration de mon amour ; ne paraissant moi-même éclairé dans cet instant que par ma douleur, et la peine que je ressentais de l'amour du chevalier de Morse. Je remis ma lettre à Amélie à la suite d'une longue conversation que nous avions eu ; sa tristesse lui donnait un air de confiance si tendre, elle me traita avec tant d'affection, que je ne doutai plus que ma lettre ne trouvât grâce auprès d'elle ; j'étais désespéré de l'avoir écrite, je sentais combien il était peu délicat à moi d'avoir cherché à me procurer une preuve de la faiblesse d'Amélie ; quel titre pour un époux ! je sentais alors ma folie, et les vingt-quatre heures que je passai à attendre sa réponse, furent les plus pénibles de ma vie.

Amélie ne vint que fort tard le lendemain ; sa figure portait l'empreinte de la douleur et de l'altération; elle ne voulut point danser, me remit ma lettre presque sous les yeux de sa mère, et s'éloigna un instant. Madame Delbin en profita pour m'annoncer qu'Amélie avait paru fort triste tout le jour, qu'elle lui avait avouée notre correspondance et son imprudente confiance. « Elle en est la preuve, me dit madame Delbin, par l'épreuve que vous avez voulu faire; je suis étonnée, monsieur, que

vous ayez osé la porter si loin ;
au reste, elle ne m'a parlé de votre
déclaration qu'après avoir fait sa
réponse ; j'ai applaudi à sa juste
indignation, et je lui ai fait les
réprimandes qu'elle méritait. J'ai
gardé votre secret, vous en avez
la preuve ; mais j'espère qu'enfin
vous vous ferez connaître. » Le
retour d'Amélie interrompit madame Delbin, et l'empêcha de
continuer. Ses dames se retirèrent
presqu'aussitôt, et je pus enfin
lire cette réponse qui devait décider de mon sort. Oh ! mon ami,
quelle douce satisfaction j'éprouvai en reconnaissant dans la conduite de mon épouse, l'héroïsme
de la vertu. Cette femme dont je
redoutais la faiblesse, était un
modèle de perfection et de sagesse.

Sa lettre ne contenait ni reproches
ni colère; elle n'accusait qu'elle
seule de l'outrage que je lui avais
fait ; elle me remerciait de l'avoir
détrompée, en détruisant par l'aveu
d'un amour offensant, l'estime
qu'elle avait conçue pour moi ;
elle renonçait à me voir, non
point que ma présence fut dan-
géreuse pour elle; mais ne pouvant supporter la vue de celui,
qui l'avait si mal jugée, et à qui
sa conduite imprudente avait
donné le droit de se méprendre
ainsi ; elle me remontrait avec
tant de force combien il était iu-
digne d'un galant homme, d'a-
buser de la confiance d'une femme
respectable, non seulement par
rapport à elle, mais par le titre d'é-
pouse d'un autre, que je me trouvais
méprisable

méprisable d'avoir même conçu cette pensée. Je ne songeai plus qu'à me réunir pour toujours à la respectable compagne, dont j'allais être l'heureux possesseur.

J'écrivis à madame Delbin une lettre ostensible pour l'informer de mon départ, et je la fis prier secretement de m'accorder une entrevue ; elle se rendit chez moi comme la première fois : là, je lui racontai tout ce qui s'était passé entre Amélie et moi, je procurai à cette digne dame, le plus doux plaisir qu'elle pût goûter et la récompense des soins qu'elle s'était donnés pour l'éducation de ses enfans, en lui offrant la preuve de la conduite estimable d'Amélie. Nous convînmes que madame Delbin observerait toujours la

Tome II. P

même discrétion envers sa fille.
J'étais toujours obligé de retourner à Rennes pendant quelques
jours; ce tems suffisait pour instruire Amélie de mon prétendu
retour des Indes; en effet, elle
reçut une lettre timbrée de Brest,
qui lui annonçait une prochaine
arrivée. J'étais si impatient de
jouir du plaisir de revoir Amélie
sans contrainte, que je ne pouvais
attendre le tems nécessaire pour
donner de la réalité à ma fabuleuse
histoire. Je reprends l'uniforme
de marine que j'avais quitté depuis
deux ans, ainsi qu'une perruque
noire que je portais lors de mon
mariage; mes cheveux sont fort
blonds, comme vous voyez, ce
qui me changeait beaucoup; je
couvre d'un large ruban mon œil

droit, et par le moyen d'un cordon fortement serré, je raccourcis ma jambe pour m'avertir de boîter; néanmoins ce déguisement ne me rendait pas encore tel que j'étais lors de mon mariage, et je craignais d'être reconnu par Amélie; mais que m'importait? Désormais Amélie pourra-t-elle m'en vouloir d'un stratagème qui l'a rendu encore plus estimable? J'arrive le matin, on m'annonce : madame Delbin était seule avec Amélie; lorsque je parais, mon épouse fait un cri et perd l'usage de ses sens; nous la rappellons à la vie, elle ouvre les yeux, me fixe. « Ma mère, est-ce une erreur de mon âme abusée, dit-elle! — Quoi! ma fille, que voulez-vous dire? répond madame Delbin. — Amé-

lie se jette dans mes bras. « Mon
ami, mon époux, je n'en doute
plus ; vous êtes le comte de Villedoré, je suis la plus heureuse des
femmes. » Je la presse contre mon
cœur, je la couvre de baisers.
Pardonne, oh ! la plus aimée des
femmes, à l'époux qui t'adore,
une supercherie qui n'avait pour
but que d'assurer ta félicité et la
mienne! Je m'étais débarassé du
ruban et de la perruque ; je pa-
raissais aux yeux d'Amélie tel que
j'étais. Ah ! quelle avait été mon
erreur, en voulant la tromper ;
on ne se déguise point aux yeux
clairvoyans d'une amante. Il m'a-
vait été facile de tromper une
épouse ; mais Amélie subjuguée
par une passion que la raison avait
pu calmer sans la détruire, n'avait

consulté que son cœur pour me reconnaître. Sa surprise et sa joie
sont égales ; madame Delbin
l'instruit alors de tout ce qui s'est
passé depuis l'instant où j'avais
entendu sa conversation. Le lendemain de mon mariage, elle
excite la reconnaissance d'Amélie :
cette charmante épouse ne peut
mieux la témoigner que par la
satisfaction qu'elle ressent ; sa figure annonce une expression de
plaisir qui vaut mieux que toutes
les phrases ; il est certaines situa-
tions qui ne peuvent se dépeindre
par des mots. Amélie était heureuse de toutes les facultés de son
âme, et si j'avais eu besoin d'une
nouvelle preuve de la pureté de
ses sentimens, je l'aurais acquise
par la manière naïve et simple

dont elle parlait de son inclination. « Vous avez bien raison, ma mère, dit-elle à madame Delbin, de me reprocher ma dissimulation envers vous, et l'indiscrette confiance que j'avais accordée au chevalier de Villedoré. C'était un séducteur, continua-t-elle, en souriant, et sans la force que j'ai puisée dans les sages principes que vous m'avez enseignés, j'aurais eu bien de la peine à perdre le souvenir d'un attachement qui avait fait ma consolation tant que je l'avais jugé innocent.

Puis s'adressant à moi : mon ami, m'excusez-vous d'avoir cédé à un penchant qu'il m'était impossible de vaincre? si vous ne fussiez point paré des dehors de la vertu, vous n'auriez jamais acquis aucun

droit à mon amitié; c'était en me
parlant de mon époux, que le
comte de Villedoré me paraissait
si aimable; mais dès l'instant qu'il
a voulu me tenir un autre langage,
vous avez vu que le charme s'est
détruit : qu'il est doux de recevoir une si délicieuse récompense!
puissent toutes celles qui ne s'é-
carteront point de leurs devoirs,
jouir de la même félicité! « Amélie prodiguait, tour-à-tour, de
tendres caresses à sa mère et à
moi; elle laissait lire dans sa
belle âme, toutes les sensations
qu'elle éprouvait; je partageais sa
douce ivresse. Depuis cet instant
fortuné, tous mes jours furent consacrés au bonheur. Amélie me
rendit deux fois père; sa santé
n'avait jamais éprouvé la moindre

atteinte, lorsqu'une maladie cruelle se déclara, il y a un an, et
m'enleva mon intéressante compagne, mon adorable Amélie. »

Monsieur de Villedoré ne put
continuer; sa vive émotion, les
larmes qui le suffoquaient étouf-
faient sa voix : ce récit avait ranimé sa douleur, et renouvellé ses
regrets; je m'efforçai de calmer
son agitation. — Vous voyez, me
dit-il, mon ami, que je fus comme
vous, égaré par une fausse idée
du bonheur; le motif qui m'avait
porté à tenter cette épreuve auprès d'Amélie, était louable; mais
il pouvait avoir les suites les plus
dangereuses. Nos aveux mutuels
avaient resserés notre intimité; je
rendais grâce au ciel du bonheur
d'avoir trouvé un ami tel que le

comte de Villedoré ; la profonde
douleur qui consumait son âme,
avait, sans doute, miné sa santé,
et détruit la force de son tempé-
rament ; il tomba dans un maladie de langueur qui dura quelques mois, et qui termina enfin
ses jours ; je fus extrêmement sensible à sa perte ; elle augmenta la
mélancolie que je ressentais depuis
ma séparation de Séraphine : le
tems ni l'absence ne détruisaient
point ma tendresse ; je me plaisais
à me représenter cette épouse
cruelle, parée de tous ses charmes
et embellie de ceux que mon imagination lui prêtait encore pour
la rendre plus séduisante, dans ses
rêves fantastiques, produit par un
esprit vivement occupé de l'objet
de son affection ; c'était toujours

Séraphine qui faisait mon bonheur, et jamais mes projets de félicité n'étaient formés sur d'autres bases, que celles de notre réunion. Oh! ma Séraphine, si j'avais connu alors les véritables sentimens et les tourmens qui affligeaient ton âme, avec quelle douce joie je me serais réunie à toi. Hélas! je devais ignorer long-tems encore, que ton indifférence apparente, que tes procédés cruels, voilaient le dépit et l'orgueil offensé, tandis que l'amour régnait toujours dans ton cœur pour y conserver son empire.

J'étais depuis longtems à Coblentz : la noblesse s'était réunie aux princes; Monsieur, comte de Provence, avait une cour nombreuse; on y suivait l'étiquette

on se rasemblait à son lever , on
méditait mille projets dont l'éxé-
cution impossible démontrait
bientôt la folie de s'y arrêter.
Malgré les malheurs qui affligeaient notre pays, on ne prenait
aucune résolution décisive et les
jours s'écoulaient sans apporter
d'autre changement à notre position , que celui de détruire nos
ressources pécuniaires : beaucoup
de gentilhommes s'étaient rendus
à Coblentz , sans calculer quels
seraient leurs moyens d'existence;
ils se trouvèrent par la suite dans
le plus grand embarras, la somme
assez forte que j'avais emporté
et la manière économique avec la
quelle je vivais, m'empêchèrent
pendant longtems d'éprouver le
besoin : néanmoins, comme on se

faisait un devoir de s'obliger mutuellement; je prêtai beaucoup de
petites sommes qui ne me furent
point rendues et qui me mirent
bientôt à la gêne.

Je recevais quelque fois des
nouvelles de Monclar, il avait
d'abord servi dans les troupes de
l'Empereur; mais ayant été blessé,
il s'était retiré à Hambourg où
résidaient ses parens; il me mar-
quait qu'il était fort malheureux,
n'ayant aucun moyen d'existence
que les bienfaits de sa famille et
ne pouvant même jouir du plaisir
de la société, étant retenu chez
lui par sa blessure; il me deman-
dait des détails sur ma position,
paraissait y prendre un vif intérêt,
et me faisait de si fortes protestations d'amitié, que je ne pouvais
me

me dispenser d'y repondre, pourtant mes lettres se ressentaient de la froideur que sa conduite antérieure avait fait naître, ainsi que des couleurs sous lesquelles M. de Villedoré me l'avait peint. Monclar se plaignait de mon indifférence sans être moins affectueux et moins exact à me donner de ses nouvelles.

J'avais trouvé mon frère à Coblentz; il y avait plusieurs années que je ne l'avais vu, j'espérais que nous serions intimement liés, mon espérance fut trompée; mon frère ne possédait aucune des qualités qui peuvent décider l'amitié, celle qui doit exister entre parens lui était même étrangère. Jaloux du mariage que j'avais fait, et des avantages qu'il

m'avait procurés, loin de partager
mes chagrins il s'en réjouissait
et se permettait des plaisanteries
dont tout autre que mon frère
eût été puni : je ne retirai donc
aucun agrément de sa présence ;
le hazard nous sépara par la suite,
mon frère mourut en pays étranger quelques années après, et son
bien, suivant la loi, appartint à la
nation, ce qui ne changea rien à
ma fortune. Les malheurs que
j'avais éprouvés m'avaient donné
tant de sujets de réflexions que j'a-
vais presque entièrement renoncé au plaisir. Pour charmer mes
ennuis, je me livrais à la société ;
il y avait beaucoup de femmes
qui avaient accompagné leurs
époux ; elles formaient une réunion charmante : j'en connai-

sais plusieurs; toutes avaient été informées des événemens qui m'étaient arrivés; elles paraissaient compatir à mon malheur. Et qui ne sait point que la pitié que le sexe aimable nous accorde, est un espoir presque certain de les intéresser bientôt plus vivement? Je profitai des heureuses dispositions où elles étaient en ma faveur; j'eus le bonheur de former quelques liaisons attachantes, mais je ne pouvais offrir qu'un cœur préoccupé et tout plein de l'image d'une autre; je ne répondais que faiblement à l'amour que j'inspirais, et l'on se vengeait par l'inconstance, du dépit de n'avoir pu m'asservir entièrement. J'avais écrit plusieurs fois à Madame de Rozainville, je n'en recevais point de réponses

j'avais quelques correspondances
à Paris qui m'informaient de tout
ce qui s'y passait ; je fus instruit
des opinions politiques que montrait Armand ; il avait déployé
des principes de démocratie qui,
aidés de l'intrigue qu'il avait a-
droitement dirigée à son avantage,
l'avaient porté à des grades où,
s'il eût agit d'après les sentimens
qui constituent le véritable répu-
blicain, il eût pu se mériter
l'estime ; mais, animé par l'esprit
de parti et par des vengeances
particulières, il se couvrait de mépris : j'appris qu'il était toujours
fort assidu auprès de Madame de
Rozainville, qui paraissait avoir
adopté les mêmes idées que lui ;
je gémissais de l'erreur de mon
épouse, et ne doutai, plus que les

perfides soins d'Armand ne détruisisent jusqu'au souvenir que Séraphine aurait pu conserver de son époux infortuné.

J'avais toujours eu un vif desir de connaître l'Angleterre; je m'étais appliqué à l'étude de la langue Anglaise. Ne voulant point porter les armes contre ma patrie, et voyant mon séjour près des Princes à peu près innutile, je me décidai à faire ce voyage projeté depuis longtems; j'avais chargé un de mes amis qui s'était rendu à Coblentz de m'apporter des fonds; j'avais prié l'homme d'affaire de Madame de Rozainville de m'avancer deux années de ma pension, de sorte que j'avais une somme suffisante pour me soutenir en pays étranger. Comme je redoutais l'ennui de voyager seul , je partis avec un jeune homme qui desirait comme moi de connaître cette partie de l'Europe ; nous parcourumes les principales villes de l'Angleterre et nous nous fixames à Londres, cette capitale fameuse. J'observais attentivement les mœurs et les usages de nos voisins; ils me convenaient beaucoup moins que les nôtres, et je recherchais particulièrement la société des français, mes compatriotes. Mon séjour dans un pays où la mélancolie et la gravité sont habituelles, ne devait servir qu'à augmenter la mienne: mon caractère, était entièrement changé, mon cœur toujours abîmé de peines cuisantes et de regrets poignans, ne

me permettait aucune distraction: l'ennui envelopait de son
voile pesant mes pensées et toutes
mes démarches ; je voulus encore
appeller le plaisir à mon secours,
ce fut vainement: la manière dont
les dames Anglaises vivent entre
elles permettent rarement aux
hommes de jouir de leur société.
Par un constraste frappant avec
nos usages, les demoiselles jouissent d'une plus grande liberté
que les femmes mariées, elles
suivent les bals, les spectacles,
les fêtes avec une ardeur qui fait
présumer que le sacrifice qu'elles
font de ces plaisirs, doit leur
coûter beaucoup lorsqu'elles s'é-
tablissent.

Il m'arriva une aventure qui
prouvera au moins qu'il a été
quelques instans dans ma vie, où

la délicatesse fut mon seul guide.
Parmi les différentes personnes
que je voyais le plus assiduement,
la jeune lady Strafort avait fixée
mon attention ; elle réunissait des
charmes séduisans à l'esprit le
plus aimable ; elle avait quelques
légers traits de ressemblance avec
Séraphine, et l'on imagine combien sous ce rapport elle m'inté-
ressait. Je lui adressai des soins,
des hommages ; je puis attester
avec vérité qu'il n'entrait point
dans mes projets, d'abuser de la
préférence qu'elle m'accordait.
Je trouvais du plaisir à rester près
d'elle, elle rafollait de la musique ;
je l'aimais beaucoup, aussi nous
chantions souvent ensemble ; sa
conversation était attachante ; elle
desirait se perfectionner dans l'é-
tude de la langue française, je

lui donnais des leçons ; nous passions presque les jours entiers
sans nous quitter. Le lord Strafort
me traitait avec amitié , je man-
geais souvent avec lui. Lady Anna
ne cherchait point à combattre le
penchant qu'elle avait pour moi ;
je m'abandonnais moi-même au
charme d'une si douce intimité.
Sur le pretexte qu'elle ressemblait ,
lui avais-je dit , à l'une de mes
sœurs , n'ayant pas voulu parler
de mon épouse , elle me donnait
le titre de frère.

Un jour qu'après le diner nous
étions restés seuls, le lord Strafort me dit sans beaucoup de
phrases (les anglais n'en font pas) :
« Je vous aime , vous estime , je
vous ai distingué des autres français , je veux vous donner une

preuve de mon véritable attachement; ma fille est seule héritière,
elle possédera d'immenses richesses, elle est d'une naissance
illustre; elle a des charmes, des
talens, je veux vous la donner
en mariage; vous êtes gentil-
homme; ma fille vous aime, elle
me l'a avoué : cette considération
me décide à vous offrir sa main;
vous n'êtes plus riche maintenant,
j'ai cru m'en appercevoir; mais
qu'importe ? vous échangerez
contre la fortune et les avantages
que ma fille vous apportera, le
bonheur que vous lui procurerez;
j'aime à croire que je n'éprouverai
point de refus. — Je suis pénétré
de reconnaissance, lui dis-je,
monsieur, pour tant de bontés,
mais je ne puis en profiter; je ne

suis pas libre, je suis marié; les
malheurs que j'ai éprouvé, m'ont
empéché de vous parler de cette
union; je n'abuserai point de
votre confiance et de l'aveu que
vous m'avez fait de l'inclination
de lady Strafort. — Pourquoi,
monsieur, avoir cherché à l'intéresser? auriez-vous eu le projet d'abuser?... — N'achevez-pas
de grâce, monsieur; croyez à
ma délicatesse et à la vérité de mes
aveux. Je me suis livré au plaisir
si doux de voir et d'admirer votre
aimable fille; mais si j'avais pu
penser que sa tranquillité fût
troublée, et qu'elle se fût atta-
chée à moi, j'aurais déjà renoncé
au bonheur de la voir. — Le lord
Strafort parut extrêmement affligé
de ma confidence, je cessai dès-

lors mes visites. J'appris quelque
tems après, que lady Anna avait
refusé un parti brillant ; elle avait
fait une maladie considérable : la
tristesse qui consumait son âme,
avait altéré sa fraîcheur. Je la ren-
contrais dans différentes sociétés ;
j'avais pour elle des égards res-
pectueux qui remplaçaient le ton
amical que j'avais pris d'abord ;
elle paraissait affligée de ce changement, elle m'en fit des reproches ; je lui en expliquai le motif,
en lui peignant les tourmens que
je ressentais moi-même de l'impérieuse nécessité d'agir ainsi.
Lady Anna, cédant au prestige de
la forte passion qui tyrannisait
son âme, m'assura que mes soins,
mes lettres, mes protestations
d'amitié, pouvaient seuls lui faire
supporter

supporter la rigueur de son sort;
j'opposai envain le langage de la
raison ; Anna , en paraissant
vouloir se soumettre à la rigueur
de son sort , nourrissait de plus en
plus un frivole espoir : je cédai
à ce qu'elle voulut ; notre correspondance reprit une nouvelle ac-
tivité; elle m'indiquait les lieux
où seule le matin avec une de ses
femmes elle se promenait, c'était
presque toujours au Parc St.-
James que je la voyais. En lui re-
présentant le tort qu'elle pouvait
se faire, et la juste indignation
de son père s'il en était instruit,
j'espérais la rendre à ses devoirs;
mais c'était vainement. Qu'on ne
se fasse point une fausse idée de
cette jeune personne ! la coquetterie ni l'abandon des principes,

ne dirigeaient point sa conduite ;
elle chérissait la vertu ; mais intéressée à ne la consulter que sur
les motifs de droiture qui la faisaient agir , l'amour égarant son
esprit, remplissait son cœur et
exerçait tyranniquement son empire sur cette jeune infortunée.
Hélas! elle ne fut et ne sera pas la
seule victime de cette passion la
plus dangereuse de toutes. Lady
Anna après avoir combattu vainement son penchant, employait
tous les moyens de m'attacher à
elle ; déjà on parlait en France du
projet de la loi du divorce, cet
espoir rassérénait son âme ; elle
cherchait à deviner quelle serait
mon opinion ; elle ne dut pas en
être satisfaite. Sans vouloir im-
prouver les lois qui furent faites

par le gouvernement, celle qui donnait à Séraphine la liberté de rompre nos nœuds, me paraissait odieuse; j'exprimai franchement à lady Anna mes sentimens, et l'attachement que je conservais à mon épouse: cette confidence cruelle aurait dû exciter sa haine; hélas! le cœur généreux d'Anna n'était fait que pour éprouver l'amour le plus violent, et point le ressentiment; on ne peut se faire d'idées justes de sa tendresse pour moi. Je tremblais que sa réputation ne souffrit de notre intimité; malgré les précautions que nous prenions pour en dérober la connaissance. Nos entretiens étaient bisarres; seul avec une jeune personne de la plus grande beauté, qui ne me ca-

chait point son inclination, j'avais
le courage de conserver ma raison;
plus Anna était confiante, et plus
je me serais regardé coupable
d'abuser de sa bonne-foi ; les
combats que j'éprouvais com-
mençaient aussi à troubler ma
tranquillité ; je voulus essayer si
l'indifférence réussirait mieux
pour détruire l'attachement de
Lady Anna, que ces tendres
soins émanés de l'amitié, qui,
lorsqu'ils sont adressés à une jeune
personne d'un sexe différent, se
ressentent toujours du charme de
l'amour. Je manquais au rendez-
vous que me donnait Anna, je
ne répondis que rarement à ses
lettres ; enfin je cessai tout-à-fait
de lui écrire : Anna ne se rebu-
tait point, elle avait deviné le

motif qui me faisait agir, et pour me peindre sa reconnaissance, elle employait le style le plus passionné.

C'était une femme de confiance de Lady Anna qui m'apportait ses lettres: qu'elle fut ma surprise de la voir entrer elle-même un jour chez moi sous le costume de cette ouvrière! la crainte d'être reconnue, la honte d'une telle démarche, la vive agitation et le chagrin de mon indifférence, avaient épuisés ses forces, elle tombe sans connaissance, je lui porte des secours; il me serait imposible de d'écrire l'état de cette intéressante personne. Lorsqu'elle eut repris ses esprits, le délire de l'amour au désespoir lui dictait les discours

R 3

les plus tendres et les plus dé-
chirans : le souvenir des principes
et des devoirs qu'elle avait négligés pour céder à l'excès de
l'amour qui enflâmait son âme,
la rendaient confuse; elle se jette
dans mes bras:Rozainville,me dit-
elle en balbutiant, pourriez-vous
m'estimer encore ? — Infortunée!
mon respect en est la plus sure
preuve,lui dis-je en me débarras-
sant doucement de ses bras.J'étais
ému par la situation d'Anna , attendri par sa douleur, électerisé
par ses charmes ; elle était si belle
qu'il me fallut des efforts inouis
pour résister aux inéfables jouissances que ce moment pouvait
me procurer. O vertu ! quel est
ton ascendant? Loin d'éprouver
des regrets je m'applaudissais de

ton empire. Je parvins à rétablir
un peu de calme dans l'esprit de
Lady Anna ; je lui promis plus
de soins, plus dégards en trompant sa crédule confiance : je fis
bientôt reparaître sur sa figure
l'expression de la douce sérénité :
hélas ! elle n'était causée que par
l'erreur qui s'était emparée de son
âme ; elle me croyait consumé des
mêmes feux qu'elle , et ses souffrances lui devenaient précieuses
dès l'instant qu'elle les croyait
partagées ; je reconnaissais l'im-
possibilité de soutenir longtems la
même conduite avec Lady Anna ;
je n'aurais pas voulu avoir à me
reprocher la perte de cette jeune
personne ; je résolus de m'éloigner. J'habitais depuis quinzemois
l'Angleterre, qui avaient été plus

que suffisans pour me guérir de
ma fantaisie ; je formai donc le
projet d'abandonner cette contrée;
je fis discrettement les dispositions de mon départ, j'écrivis
à Lady Anna ; j'adressai cette
lettre à une de ses amies qui
avait sa confiance ; je l'engagai à
lui apprendre mon départ avec
les ménagemens nécessaires, je
la priai de me donner de ses nouvelles ; ce qu'elle fit par la suite.
L'infortunée lady se livra aux
chagrins et à un état de langueur
qui la fit tomber dans le marasme;
elle céda aux volontés de son
père, qui la força à contracter
un mariage avantageux du côté de
la fortune ; mais qui augmenta
les maux de cette sensible femme.
Elle fut atteinte de la consomption,

maladie si fréquente en Angleterre, et qui la conduisit au tom-
beau au bout de deux ans. Elle ne
m'écrivait plus depuis son mariage ; mais son âme était l'inter-
prête de ses sentimens, et je vis
que le tems et l'absence n'avaient
pu détruire l'inclination qu'elle
avait conçue pour moi. Je fus sensible à sa mort, je la regrettai
sincèrement et déplorai le malheur
de n'avoir pu inspirer à Séraphine
le même attachement. J'attribuais
tous les évènemens qui m'arri-
vaient à notre désunion, ils devenaient alors des malheurs réels
pour moi ; en effet, si nous n'eus-
sions pas été séparés, je n'aurais
jamais eu l'idée de m'expatrier :
accablé par la douleur et la perte
de Séraphine, j'avais cédé par

déférence pour les avis de mon père, au desir qu'il avait de me faire émigrer ; je n'en avais pas assez senti les dangers, et je me trouvais victime de ma complaisance. Déjà depuis long-tems, le funeste décret du neuf novembre 1791, contre les émigrés, était lancé ; nous n'avions plus la liberté de rentrer dans nos foyers : transfuges dans d'autre patrie, nous devions y vivre étrangers et malheureux : cette triste réflexion eût bien été suffisante pour troubler ma tranquillité. Hélas ! la funeste passion que je ne pouvais bannir de mon cœur, l'affectait encore plus vivement ; l'ingrate Séraphine, malgré ses torts, était toujours l'objet de mes plus tendres affections ; j'éprouvais des accès

de désespoir qui auraient dû ter-
miner mes jours, et je le desirais
vainement ; j'appellais la mort à
mon aide, je devais supporter
bien d'autres peines. Je quittai
l'Angleterre, je m'embarquai sur
un paquebot qui se rendait en Hollande; je voulais au moins employer
le tems de mon exil à connaître
les divers pays que dans d'autres
circonstances, j'aurais eu tant de
plaisir à parcourir; mais il est bien
différent de voyager pour son
agrément, ou par nécessité. Ici,
je n'avais pas même la facilité de
me procurer l'aisance à laquelle
j'étais accoutumé : mon séjour en
Angleterre avait consommé une
partie de la somme que j'avais em-
portée, je touchais à l'instant de
me trouver sans ressource. On ne

correspondait plus que très-diffi-
cilement avec nous ; plusieurs
personnes qui m'écrivaient exactement, avaient cessé de me donner de leurs nouvelles ; le bon
Georges dont j'ai parlé dans la
première partie de cet ouvrage,
cet homme estimable, que j'avais
placé dans une petite ferme, fut
le seul qui osait braver les dangers pour m'écrire, et me faire
passer des secours. Homme généreux ! ton reconnaissant dévouement pensa te coûter la vie ; en
instruisant mon lecteur, quand il
en sera tems, des peines que tu
éprouvas par rapport à moi, j'ac-
quitterai en partie ma dette, et
t'assurerai l'estime et l'admiration
de tous ceux qui liront ces mé-
moires.

J'arrivai

J'arrivai à la Haye, l'une des plus belles villes de la Hollande; j'avais été fort malade pendant la traversée, je fus plusieurs jours sans sortir. J'appris qu'il y avait beaucoup de Français, quelques uns étaient de ma connaissance, j'eus un grand plaisir à les revoir, il semblait que dans ces tems d'infortune, le malheur fit naître l'intimité et la resserra. On s'entretenait douloureusement sur tout ce qui se passait à Paris, on se confiait réciproquement les désagrémens que l'on éprouvait, et le regret presque général de tous les émigrés, montrait assez que leur intention n'avait pas été de nuire à leur patrie, comme on le prétendait.

Beaucoup étaient rentrés sur la

foi du traité ; leur confiance si
mal récompensée par la suite, prouva que ceux qui n'avaient pas
suivi leur exemple avaient au
moins différé leur perte de quelque tems ; un assez grand nombre
ont eu le bonheur de se soustraire
aux dangers de toute espèce qui
les ont menacé , et jouissent
maintenant de la tranquillité gé-
nérale et de la protection que le
gouvernement leur accorde.

J'étais depuis six mois à la
Haye, vivant fort retiré , et fai-
sant le moins de dépense possible.
Il y avait long-tems que je n'avais
reçu des nouvelles de Monclar,
lorsque je le vis entrer chez moi ;
mon étonnement fut extrême, il
me témoigna une vive satisfaction,
me fit de ses amitiés qui n'appar-

tiennent qu'à un sentiment vrai :
en effet, Monclar m'était sincèrement attaché, autant du moins
que les hommes de son caractère
pouvaient l'être; pour moi, qui ne
savais point cacher ce qui se passait dans mon âme, je lui fis un
accueil qui se ressentait du refroidissement qu'avait éprouvé mon
affection. Monclar s'en apperçut,
loin de s'amuser à m'en faire des
reproches, il m'interrogea avec
complaisance sur ce qui m'était
arrivé et sur l'état particulier de
mes affaires ; comme je n'avais nul
intérêt à lui en faire mystère, et
qu'elles étaient de peu d'importance, je l'eus bientôt mis au fait
de ce qu'il desirait savoir, je m'informai, à mon tour, de ce qui le
concernait.

Je ne suis pas très-heureux, me dit-il, la fortune paraît m'abandonner totalement ; vous avez su que je rompis avec madame de Rassy quelques tems avant mon départ : les procédés m'attachaient à elle. — Vous, des procédés, Monclar, cela m'étonne. — Cette réflexion est un peu amère, cher Rozainville ; mais elle ne m'offense pas, et je veux vous prouver, par le fait même, qu'on aurait tort d'en avoir quand ils n'ont pas un but utile ; croyez-vous qu'il n'était pas pénible pour moi, de me donner le ridicule d'avoir cette vieille femme ? et pouvait elle me dédommager de ce désagrément ? j'avais bien le droit d'en agir librement, avec elle ; je ne me faisais donc pas de scrupule d'accepter les légers services qu'elle me rendait; j'étais son débiteur, il est vrai, et sans les circonstances, je me serais sûrement acquitté. Par un caprice inexplicable, ma bonne douairière est devenue tout à coup parcimonieuse, indifférente même; j'ai su qu'un jeune freluquet s'était emparé de sa confiance; enfin mon ami, j'ai presque été congédié; vous sentez que l'on se console facilement d'une telle perfidie. Je connus à-peu-près, dans le même tems, une femme plus jeune et infiniment plus intéressante, sous tous les rapports, j'eus le bonheur de lui inspirer un goût très-vif, elle voulait quitter Paris, elle m'engagea à émigrer avec elle; nous fîmes un voyage charmant.

Nous Vivions parfaitement heureux à Coblentz lorsque son mari, homme tout à fait bizarre assurément a jugé à propos de venir la rejoindre et de désorganiser notre petit ménage. Cet homme n'est pas du tout facile à conduire, il n'a pas été possible de continuer mes assiduités, ma craintive maitresse redoute tellement les lubies de son jaloux qu'elle m'a si vivement sollicité de m'éloigner que j'y ai consenti; elle a mis une grâce infinie à me faire accepter les moyens de voyager agréablement. Je me suis décidé à servir dans les troupes de l'empereur. A la première affaire, j'ai eu la gaucherie de me faire blesser sérieusement, comme je vous l'ai marqué; je me serais

trouvé fort embarrassé , si , me
rappellant que des parens de ma
grand-mère habitaient Hambourg,
je ne m'étais fait conduire chez
eux où j'ai été soigné avec assez
d'affection ; mais ce sont des
vieilles gens fort intéressés et
très-ennuyeux , qui ne deman-
daient pas mieux que d'être dé-
barrassés de moi : j'ai pensé que
pour leur procurer cette satisfaction , ils me devaient quelques
sacrifices ; j'ai fait pressentir le
desir de voyager, en me livrant
au commerce, ressources à laquelle beaucoup de nos compatriotes sont obligés d'avoir recours;
les bonnes gens ont donné dans
le piège, ils m'ont fait une forte
pacotille, ne pensant pas sans
doute trop payer la tranquillité

que mon départ allait leur rendre.
J'ai fait quelques voyages dans
différentes villes de l'Allemagne,
mes spéculations n'ont pas parfaitement réussies; j'ai quitté ce pays
maussade, pour venir essayer
mes talens dans celui ci, je n'y
suis arrivé que depuis quatre jours
et lorsque j'ai appris, mon cher
Rozainville, que vous y étiez; j'ai
rendu grâce à mon heureuse
étoile, de m'y avoir conduit.

— Je m'apperçois, Monclar, que
vous faites ressource de tout et
qu'il ne vous faut que des connaissances utiles, sous ce rapport
vous ne trouverez aucun avantage
à notre réunion, le tems où j'étais
un être important est déjà bien
loin; une fois dépouillé des faveurs
de la fortune, vous m'avez appré-

cié à ma juste valeur, et, convenez-
en, j'ai beaucoup perdu alors
dans votre estime.

—Vous ne voulez pas me sauver l'explication, Rozainville, il
n'est pas dans mon goût d'en
avoir ordinairement ; mais vous
avez un ascendant qui me fait consentir sans peine à ce que vous
desirez ; voyons , mettons de
l'ordre dans notre discussion,
raisonnons sans chaleur et sans
emportement, analysons nos principes , écartons toute idée de
prévention ; si vous me persuadez
de la fausseté de mes assertions,
j'y renoncerai de bonne foi ; mais
si je parviens à vous convaincre,
promettez-moi la même déférence.

—Je le veux bien, Monclar; pourtant je ne reconnais pas trop la

nécessité de cet entretien. — Ah !
Rozainville, vous n'êtes pas de
bonne foi : vouloir ruser avec
moi, est un soin inutile ; votre
indifférence ne m'est point échap-
pée, le changement qui s'est fait
dans votre attachement, m'affecte
sensiblement ; comme il n'est que
le résultat d'une erreur, je veux
la combattre : si je vous laisse lire
dans mon cœur, je veux vous
amener à convenir que ma façon
de penser et d'agir est l'effet des
profondes réflexions que j'ai mé-
ditées long-tems, des remarques
que j'ai faites, et qu'elle ne pro-
vient point, comme vous le
croyez, de la perversité des mœurs.
Vous devez mieux qu'un autre
savoir combien l'exagération est
funeste en tout genre, plus même

en fait de vertu et de délicatesse;
ces précieuses vertus sont si rares,
mon ami, que celui qui n'apporte
en entrant dans le monde, que
ces estimables dispositions, ne
possède qu'une monnaie qui n'a
pas cours (1); vous en êtes la
preuve; et c'est vous seul que je
veux prendre pour exemple: toutes
vos actions à-peu-près ont été di-
rigées par le motif de la droiture
et de l'amour du vrai bien; qu'en
est-il résulté? que vous en avez
toujours été la victime.

_____

(1) Il faut observer que ce langage
erronné et tout ce qui suit, est tenu par
un roué; ce qui ne sert qu'à faire oppo-
sition, et à prouver le danger des so-
phismes de ces êtres pernicieux.

— Quelle est votre erreur,
Monclar ! quel paradoxe ! — Ne
m'interrompez pas, de grâce:
lorsque vous arrivâtes au régiment, vous n'étiez qu'un enfant
encore, qui n'avait aucune notion
du monde et de ses usages; je
voulus vous préserver de ses
écueils, vous ne m'accordâtes
qu'une demie confiance, ce qui
fit votre malheur, la manière dont
vous vous êtes conduit envers
Séraphine était sublime, elle fut,
par hazard, couronné du plus
heureux succès, vous devîntes
son époux; mais, en même tems,
débiteur d'une reconnaissance qui
vous rendait, pour ainsi dire,
soumis à votre bienfaitrice; par
une fausse délicatese, et sans me
consulter, vous prites des arrangemens

gemens d'intérêt qui devaient nécessairement vous être funeste; vous ne saviez pas assez, mon cher, combien ce lien est puissant sur certaines âmes; si la communauté de biens eût été établie entre vous; si vous vous étiez fait faire donation, Séraphine n'eût pas eu le droit de disposer de tout à son gré, et eût réfléchi avant de se séparer; si vous n'eussiez traité l'amour que comme un accessoire au bonheur, il n'eût point troublé votre repos, il fut votre chimère, il causa tous vos malheurs; malgré la bizarrerie du caractère de Séraphine, si vous eussiez suivi mes conseils, vous auriez évité les scènes, les éclats, vous auriez laissé votre femme jouir de la liberté qu'el'on doit raisonnable-

Tome II.   T

ment accorder à une femme du
grand monde; vous auriez conservé votre fortune et même votre
repos; votre bouillante imagination, votre extrême amour du
bien, vous ont fait tout sacrifier:
qu'elle en a été la récompense, je
vous le demande? votre respect,
votre parfaite déférence aux ordres
de votre père, ne vous ont pas
été plus favorables; vous vous
êtes sacrifié pour satisfaire à son
orgueil, vous n'en avez retiré
aucun avantage; vous a-t-il seulement envoyé le moindre secours;
vous a-t-il consolé par ses lettres?
non. Vous voyez que l'ingratitude
et l'égoïsme ont endurci son cœur
paternelle, votre héroïsme, votre
vertueuse résitance pour la belle
insulaire, dont vous m'avez

fait la touchante histoire, offrirait
encore un exemple de l'inutilité
de se laisser tyranniser par des
principes qui n'amènent que des
privations sans intérêt; mais je
vous passe cette délicatesse. La
famille de lady Straford était
puissante, pourtant, si, dans cette
occasion, vous aviez cédé au
pouvoir des circonstances, que
d'avantages vous auriez retiré de
cette liaison; vous eussiez quitté
l'Angleterre ensemble : lady Straford aurait, sans doute, emporté
des fonds suffisans pour vous
faire exister agréablement; vous
vous seriez, peut-être, attaché à
cette jeune personne; car vous
êtes de nature à être toujours
subjugué par une forte passion
quelconque; vous auriez pu, par

T 2

la suite, profitant de cette loi de divorce, que l'on dit être sûre, faire un mariage brillant avec lady Stranfort. — Ah ciel ! Monclar, moi profiter de la faveur de cette loi, quand elle aurait lieu, ne le pensez pas, jamais je ne me regarderai comme libre ; le serment que j'ai fait est inviolable ; il n'appartient point aux hommes d'avoir le droit de m'en dégager, d'ailleurs, ne croyez pas que Séraphine s'oublie à ce point, ses principes sont, sans doute, bien différens. — Ah mon cher Rozainville ! pouvez vous vous abuser encore ; le tems vous prouvera que ceux qui trouveront de l'avantage aux changemens, au boulversement des lois, en profiteront et peut-être, Séraphine sera une

des premières. — Cruel Monclar!
ne me faites pas pressentir un
malheur qui serait, pour moi, le
plus affreux de tous; vous avez
renouvellé mes chagrins; vous ne
m'avez pas persuadez; tous vos
discours ne servent qu'à détruire
les illusions qui peuvent charmer
la vie; vous n'adoptez donc ni
droiture, ni amour, ni amitié?
— Pardonnez-moi, de l'amitié,
je vous donnerai, dans toutes
les occasions, des preuves de la
mienne. Je veux même me dis-
culper des torts que vous me sup-
posez; vous avez attribué mon
refroidissement à la perte de votre
fortune: vous avez eu tort, si je
me suis éloigné de vous, c'est que
notre intimité n'était d'aucun
avantage, ni pour l'un, ni pour

l'autre. Aujourd'hui, que le malheur vous poursuit, que l'expérience a dû vous éclairer; si vous voulez écouter mes conseils, adopter mes idées, nous serons plus unis que jamais, et nous ferons de mutuels efforts pour vaincre la rigueur du sort, qui paraît vous être si contraire.

— Nos opinions diffèrent trop, Monclar; je ne chercherai point à vous le cacher, la seule cause de tous mes malheurs prit sa source dans ma confiance; vous prétendez au contraire que si j'avais suivi aveuglément vos conseils, j'aurais été plus heureux; peut-on l'être en s'écartant de la route que nous indique le devoir et la raison. Vous m'avez pris pour exemple de la justesse de vos dis-

cours. Eh bien ! pour vous imiter,
je vous choisirai aussi pour preuve.
Dites-moi, depuis votre entrée
dans le monde, quel est le si
grand avantage que vous avez retiré de tous vos calculs et de vos
peines ? — Il est bien facile de le
démontrer: j'étais d'une naissance
qui me donnait à peine le droit
d'entrer au service ; ce fut par
l'intrigue et les protections de
mon père que je fus placé dans le
régiment de ***. Mon premier
soin fut de m'appliquer à l'étude
de mon état ; mais, comme je
vous l'ai dit, les véritables principes de l'art militaire, sont innés
en nous ; ensuite je m'appliquai
particulièrement à m'attirer l'a-
mitié de mes chefs, je me rendais
nécessaire auprès d'eux, Il y eut

des promotions de faites, je ne
devais point m'attendre à un avan-
cement si rapide ; mon colonel,
homme infiniment aimable, et
d'un caractère très prononcé, s'em-
barrassa fort peu des petites cla-
bauderies qu'excita la préférence
qu'il accordait à son favori, et
l'injustice qu'il faisait à celui qui
avait plus de droits que moi : je
reçus donc, comme vous le voyez,
le fruit de mes peines ; ce n'était
pas assez pour me soutenir agréablement. La modique fortune de
mon père m'ôtait tout espoir d'une
aisance absolument nécessaire
pour exister honorablement dans
le monde. C'est encore là, mon
ami, une de ces injustices crian-
tes contre laquelle vous devez
tonner ; mais malgré toutes les

belles dissertations sur le mépris
des richesses et sur l'hommage
qu'on doit au mérite particulier,
la fortune peut seule vous faire
parvenir. On juge l'esprit, la con-
sistance d'un homme, sur le rang
qu'il tient, et on mesure la considération qu'on lui accorde, sur
la richesse et l'élégance de sa mise.
Au régiment, où l'on porte tous le
même uniforme, la différence
devrait être moins sensible ; mais
les accessoires qui accompagnent
le même habit, en font une parure plus ou moins brillante ;
ensuite mille autres petits frais qui
vous font bien recevoir dans la
société m'étaient indispensables ;
pour satisfaire à ces besoins, je
me fis des connaissances utiles ,
j'ai toujours eu soin d'adresser

des hommages à des femmes ti-
trées et riches, dont la fortune
devenait à ma disposition ainsi
que leur personne. — Quelle bas-
sesse, Monclar! comment osez-
vous l'avouer? — Quel sot pré-
jugé, Rozainville! comment pouvez-vous vous y arrêter? N'est-ce
pas en amour plus qu'en tout autre
sentiment, que l'égalité est parfaite, que la communauté est la
mieux établie; d'ailleurs, c'est
procurer aux femmes le plus doux
plaisir qu'elles connaissent: je dois
leur rendre justice à cet égard,
elles savent donner avec un charme
et une grâce qui prouve la délicatesse de leurs affections, et leur
penchant à la bienfaisance. Jamais
l'amant qui leur fait connaître sa
position, ne manque d'acquérir

de nouveaux droits à la tendresse;
au reste, ce n'est qu'un échange
de service dans la société; une
fois privés des agrémens de la
jeunesse et des charmes de la beauté, ne devenons-nous pas à notre
tour les trésoriers des belles qui
veulent bien s'attacher à nous. La
compensation devient égale ; la
chose par elle-même n'est rien,
c'est la manière qu'on y donne
qui change l'action. Croyez-vous
que j'aie été assez gauche pour
avoir jamais à rougir des bienfaits
de ma maîtresse ? non , mon ami,
j'ai toujours conservé son estime,
et l'aurais-je perdu , j'aurais pu
facilement m'en consoler; car à
quoi ce sentiment auquel on accorde tant d'importance tient-il ?
Souvent à la prévention et à l'er-

reur. Pourquoi celui qui par
étourderie ou inexpérience, tient
la même conduite que l'homme
réfléchi, serait-il moins blamable
que lui? Je ne veux pas que l'on
donne ouvertement la clef de sa
conduite, il n'y a qu'un ami vrai
qui doive connaître les replis de
notre cœur et les motifs qui nous
font agir ; mais s'il a du bon sens
et du raisonnement, il ne peut
condamner ses principes. — En
ce cas, je suis dénué de l'un et de
l'autre, mon cher Mouclar; votre
morale me parait fausse dans tous
ses points. Passer sa vie à tromper
et n'agir jamais que par calcul,
c'est, suivant moi, se rendre
méprisable. — Mon ami, il faut
duper ou être dupe, voilà l'alter-
native; ce sont les mots qui nous
effrayent

effrayent ; nous sommes si légers, si superficiels, que nous ne nous donnons pas la peine d'analyser notre conduite et de faire des réflexions qui toutes se rapporteraient aux miennes; cessons ces débats, rendez moi votre confiance, je la mérite, par l'intérêt que je prends à vous; vivons de bonne intelligence; tâchons de nous corriger mutuellement; soyez du moins facile à vous laisser fasciner les yeux; moi, je retrancherai une partie de mes réflexions, et nous serons bientôt du même avis; encore quelques années d'expérience ou de malheur et vous adopterez toutes mes idées, même celles qui paraissent les plus fausses. Maintenant, occupons nous de ce qui vous concerne, mon ami : vous

Tome II.   V

êtes dans l'embarras, je n'ai point
oubliéles services que vous m'avez
rendu dans le tems de votre pros-
périté; sans être à mon aise, j'ai
quelque débris des bienfaits demes
vieux parens, nous allons en jouir
en commun et toute l'intelligence
dont je suis susceptible, sera employée pour l'intérêt de tous les
deux. Y consentez-vous, me
dit Monclar, me présentant la
main? Ce ton de franchise, et
d'aménité, me firent attacher du
prix à sa proposition; s'il ne détruisit pas dès-lors ma prévention,
il sut me familiariser avec le danger de vivre avec lui. Je ne crai-
gnaisplusl'influence de ses conseils
nuisibles pour moi, j'acceptaidonc
la nouvelle intimité qu'il m'offrait,
en l'assurant que je ne conservais
point de rancune.

Comme nous étions obligés d'user d'une grande économie, il fut décidé que nous prendrions un petit appartement où nous pourrions nous loger ensemble ; nous fîmes le même ordinaire ; nous ne nous quittions pas, et dans les premiers tems de cette réunion, j'eus à m'en applaudir.

Monclar conservait un caractère de gaîté qui, joint à l'esprit et à l'amabilité qu'il possédait, rendaient sa société infiniment agréable ; jamais le moindre nuage d'humeur ou de chagrin n'altérait son heureuse philosophie ; il avait pour moi, des égards, des attentions qui me flattaient et faisaient diversion à ma douleur habituelle. J'étais, depuis si long-tems, livré à moi même, que je ressentais

V

davantage, peut-être, l'agrément
de cette liaison. Monclar n'adoptait point mes projets de retraite; il redoutait la solitude et
prétendait qu'elle était aussi nuisi-
ble à ma mélancolie que pernicieu-
se à nos intérêts; en effet malgré
notre économie, nous voyons chaque jour diminuer nos finances. A
force de persécutions, il me décida
à suivre le spectacle, à rechercher
la société de ceux de nos compatriotes qui avaient de bonnes
connaissances, et pouvaient nous
y présenter. « Ce n'est pas en
s'isolant, mon ami, me disait-il,
que l'on trouve des ressources;
on est disposé à compâtir à nos
malheurs et à nous accorder une
pitié qui n'a rien d'humiliant; il
faut en profiter : vous êtes jeune,

d'une figure agréable ; vous êtes
aimable, quand vous le voulez,
faites usage de tous ces moyens,
si ce n'est pas pour notre avantage
que ce soit au moins pour nous
sauver de l'ennui.

Je me laissai conduire comme
il le desirait ; nous étions reçus
dans plusieurs maisons où l'on
nous invitait fréquemment aux
longs repas, qui font un des
grands plaisirs des Hollandais.
Monclar, à l'aide de quelques
marchandises qu'il avait encore,
faisait une espèce de commerce
qui nous rapportait quelque chose,
et lui procurait des connaissances
utiles. Pour moi, toujours affecté
de mes chagrins, je n'étais propre
à rien ; si à force de m'étourdir,
il parvenait à faire diversion à mes

tristes idées, il n'en retirait aucun
fruit: je souffrais de ne devoir qu'à
lui seul mes moyens d'existence.
Les journaux nous instruisaient
des évènemens qui avaient lieu.
Je frémissais sur tous les dangers que devait courir madame
de Rozainville et mon fils ;
je n'étais pas sans inquiétude
non plus pour ma famille. Je ne
recevais plus de lettres de Paris,
comme je l'ai déjà dit ; j'écrivis à
Georges, je lui fis part de la
triste position où j'étais réduit ;
je le priais de me donner des nouvelles de toutes les personnes qui
m'étaient chères. Ses lettres,qui ne
pouvaient parvenir qu'à la faveur
de moyens aussi dangereux pour
ceux qui s'en chargeaient que pour
ceux à qui elles étaient adressées ;

étaient sans signature ; quoiqu'il
n'y ait pas d'inconvénient à faire
connaître maintenant au lecteur
quel était le moyen dont je me
servais, je ne crois pas néanmoins
devoir le déclarer.

FIN DU TOME SECOND.